❋星屑シャンデリア☆グラスに R&B 浮かべて……

~恋キュンドレス♡ Jewel 夢見心地プロポーズ♦~

牧野　愛子

MAKINO AIKO

文芸社

Foreword

―何もかも、きっと叶っていく……
　　叶える為に、Action♬―
（ルビ: アクション）

自分の心と体に潤いを♡
　　未来を信じて、色々大切に♬

安定がないからこそ、輝いて
　　魅力的になっていく☆

未来を素敵に、輝かせて、
（ルビ: いま）
　　ラブストーリーを歌うように、生きていく☆

―毎日が楽しくなる魔法♡
　　これから、君と探しに行こう……―

contents

V　♡未来現実❀ロマンティックが止められない……
　　　～LOVE♡KISSずっと夢見てた……～

（付録CD歌詞カード）
♡魔法A.S.A.P.タイムマシーン♡

I

永遠に解けないミステリー
～愛の謎～

❦魔法音楽LOVE♡KISS DIA真夜中のデザインセンス❦
「♡I LOVE YOU FOREVER♡」

タイムマシーンに乗ったら、本気でLock on☆
未来現実まで……来世にさえも、時間がシンクロしていく♫自由自在に、タイムトラベリング☆
So幻想時空こそ、乗りこなして!!!
～未来を変える為、今をChange Up♡夢見心地なまま、あなたと今夜も愛し合って、「♡
I LOVE YOU FOREVER♡」

愛の秘密は謎めいたまま、It's too lateあなたを誘惑するの……終わらせない☆甘美なときめき感
じる吐息に触れたい
あなたのダーリン♡になってもいいよ?! 愛し方さえ、分かんない……それでも求めてしまう
……君も、ヤバイでしょ☆?

一指先であなたの素肌をなぞったら、時が止まる……危ない愛し方、♡アブノーマルなSECRET
SEX☆もっと、止めないで……
あなたと辿り着いてみたいの……どんな時空を彷徨っても、君しか映らなかったから……真夜中の
デザインセンス❦

～君の願望解き放って? Love Songじゃ愛情表現しきれない欲望のLOVE♡KISSドラッグ、
ドーピングして、ほら? I LIKE☆
魔法めいた二人だけの秘密を、今宵、君と証明したい♡もう待ちきれないの……病みつきのキス
を、手探りで……

ずっと夢見ていたの……銀河浮遊感覚
磁石みたいに引力で私達めぐり逢う運命♡愛してるより切ない君とのディスタンス……此の手を伸
ばせば……
～風を感じて、君とタイムマシーンに乗って、愛の謎、解き明かそう?! 笑った君が、素敵だか
ら……～

❦LOVE♡KISS銀河系ムードテンションBE BACK♫永遠に愛がいる☆一途なI LOVE YOUさ
え、云えないまま
銀河アトラクション♫ミッション・コンプリート♡甘い囁きは、現実の罠……愛がしたい!! So
君とだけ……
～此の手を掴んで、離さないでよ? 異世界に招待❦Soスケートボードに乗ったまま、Droppin'

完成したばかりの☆魔法銀河系タイムマシーン☆
永遠光年、君の夢を、守り続ける☆愛が、欲しい……多分One Life愛し足りないさ……
～来世も、君のSWEETHEARTになりたい!!! 情熱はゾクゾク暴れ出しそうさ……～

君の瞳を見つめてしまいたい……不安で目を逸らす……気付かれないように、いつも君を見つめて
る……

君に伝えてしまいたいよ……寂しいなら、いつでも連絡して？　今すぐ、会いに行く……

星空を見つめたら、銀の星屑、君の涙かな？　そっと流れ星に、願い事……

夢から覚めても、君にめぐり会えるように……
未来現実を、プレゼント♡君が好きだよ……その気持ちだけで、もう何もかも叶えられそうなんだ……
〜思い出せないけど、憶えてる……君の笑顔が、その温もり、これからデートでも行かない？〜

君を大切に抱きしめてしまいたいよ……あの海に行こうか？　Disney Seaでも行く？　ミッキーの格好して☆
手はつながなくても、自由でマイペースな君が好きだから♬Everyday Anniversary Party♬

君の特別になりたくて、ブログがアップデートされないだけで、淋しくなる……ねぇ？　プライベートメールしたいな
見えない未来に不安になる……あなたの歌声だけじゃ、タイムマシーンも、乗りこなせない……

今も、夢の中みたいな感覚で……君とタイムマシーンに乗って、時空トラベルしてきたね？　君のプライベート、もっと教えて？☆
♬未来音楽、ねぇ？　クリエイトしようよ☆あなたを想う時、イメージを超えて、ワープしてる

♬魔法スケボー乗りこなして、君とクロスロードする瞬間を、Lockon☆光速スピードで、テクニカルにDolt☆
So夢、叶えるしかない!!!　奇跡めいた風をなびかせて、君まで、もうすぐ……

私達の想いは、銀河Overflow
言葉じゃ分かんない愛を、So解明していく☆世界は、Beautiful♡もう、やるしかない人生は、素晴らしい☆
〜あなたも夢見ているでしょ？　Romantic Time♡真夜中、君のドアを叩いて……〜

♡パーティーを、始めよう♡待ち焦がれた、君のニューアルバムかけながら、夢のベッドで、愛し合おう……
Ｖ・Ｉ・Ｐ Roomにイリュージョン☆あなたとなら、ミラクルさえも、現実に……

一愛し方も分からないままで、真夜中のデザインセンス❀一緒に、磨こう♡LOVE♡KISS DIAの輝きを
あなたが受け止めてよ？　愛さえも……ずっと感じさせてあげるから……一

ねぇ？　今夜は、ずっとパーティー気分で、あなたと、SECRET SEX☆したい……
終わらない愛を、あなたと真夜中のデザインセンス❀で証明してみせて？♡

もう君がいないと始まらない未来現実は、タイムマシーンさえ、未完成なフューチャー♡
あなたの愛で、全てが、叶うから……

☆異次元未来のアンドロメダまでタイムリーク☆
銀河パトロールテンション♡現実に BE BACK♬

いつか未来の世界にイリュージョン☆
あなたに、今夜逢えるから……ねぇ？　異次元未来にシフト決めて、一緒にタイムワープしてみない？　現実には、もう……
〜戻らないと、Lockon フュージョン♡パラドックスな気分……Tik-Tok♡久し振りの、あなたのセックスアピールは……

♡アンドロメダまでタイムリークしていく……銀河パトロールテンション♡もうこのままで依々の……君とのラブストーリーは……
まるで First Love♡君の瞳に吸い込まれてしまう……君の秘密が知りたい……永遠の罠にかけられて

異世界魔法さえ、通用しない……昨夜は、怖い夢を見て……スリリング・エフェクト現実に BE BACK♬
Today この頃、夢の中より、幻想現実の世界で、君を感じてる☆不思議な感覚……胸がときめく♡

❈物語の世界じゃ計れない愛なんて……君がいるから、全てに意味があるかも……So フュージョン♡
あなたとならミラクルが起こせるかも……なんていうか……スペシャルときめく❈愛を超越して……

此の恋は、ミュージック♡
音楽みたいに LIKE☆次世代銀河時空空間浮遊感覚♡もう何処にでも、連れていく……
〜危ないセンシティヴ・ドーピング……もっと、甘くときめいて、見つめ合いたい……カクテルの中で……〜

♡ハイスピードで、ドキドキ MAX☆君の何もかもが、ハートを乱す♡今すぐ、二人ベッド in☆
どんな未来でも、ついてきてくれる？　リアルな君は、K・I・T ヤバイ……見つめられないかも……

☆異次元未来のアンドロメダで君と出会ったら……タイムマシーンレベルで、One Life 永遠光年に Change Up
So 君とタイムトラベル Let's Go☆銀河 GAME☆クリアーは不可能 But Maybe 君と未来の中で……
〜日常的なコトが MIRACLE だと気付く筈……君と行く未来までのプロセス☆大切なことは……

❈君と、恋していたい♡まるで奇跡の中で、今君と歩いているでしょ？　全てに感謝して……
悩み事なんて、今すぐ消えていくから☆感じる痛みが、愛している証♡
〜君の瞳にキスしたい☆Tonight たとえ、刹那でも、君を見つめたい……in イルミネーション

14

危ない関係で、依々でしょ？　Best Friendみたいに語り合えても、夜になったら……
危ない位、求め合ってしまうでしょ？　AV女優感覚でいいよね？♡

♡ミッドナイト、今も求めてる……君が好き過ぎて、危険信号、点滅中……あなたも？☆
クリスマスシーズンに、君に会えるのかな？　スクリーン越しの恋……リアルに、切ない……

あなたの涙とか、Rockな感じとか、イマイチよく分からないから……君の素顔に夢中♡
危ない奴かもしれないけど、君のことなら、どんなコトでも、ときめいてしまう……
～二人だけのお城に辿り着いたら……～

どちらかというと多分、君との恋愛は、物語を超えて、Love Songのように続いていく……
～揺れる気持ち……失ってしまいそうな儚さ……もうすぐ……この手を伸ばしてしまえば……～

あなたを抱きしめられそうだから……もう、離れたくない……君のサンタになってみたいな♬
幻想の中で君を感じて、現実でも、君に会える♡切ない季節に、温もりが恋しくて……

これからは、もっと……ヤバイ音楽、作って、歌っていこうよ♡未来銀河系魔法音楽♡的な……
～危ない位が、多分丁度依々☆不安でドキドキロマンティック♡あなたに逢いたい……～

その手に触れたら……夢が叶ってしまうよ……不思議な世界に、迷宮イリュージョンしていこう
あなたの切ないメロディーは、キラキラ……奏で合う歌声で……

🎀星空イルミネーション……たとえ儚くても……ずっと一緒に居よう？　約束するよ、これからは
……君といるだけで、奇跡♡終わらないラブストーリーのように……

世界中のラブソングを、君に……Soプレゼントしたいから……受け取って☆
Volume UpしたBGMも、君への想い……異次元未来でも、変わらない……

もうそろそろ♡現実にBE BACK♬あなたに会いに行く準備をして……
どんなタイミングでも、シチュエーションでも、ハートがクラッシュしても……

辿り着く未来は、君だから!!!　どんな愛も、受け止めて🎀
今年のクリスマスは、いつもと違うリアリティーを、君と感じ合って……

♡青春One Life宝石箱Dreamin'OR Prism☆
〜魔法プリンセス✻愛の迷宮Crazy〜

あなたはついてこれる？　甘い時間はEternity
一緒に夢見ている景色は現実にタイムワープしていく♡誰を惑わせても、見つめ合えない瞳☆淋しそうな君を、Take Out
〜もっと近付いてよ？　切ないkissはおあずけなまま、二人は何処に向かうの？　キスのカクテルに映せるなら……

☆ロマンティック・パレード☆予定が空いたから……あなたにCall☆君しか見つめられないわけじゃない……
今ならTouch on Me♡誘惑は魅惑のエクスタシー☆君も、もう限界なんでしょ？　深く感じられる……

未来（あした）のパーティーは、今夜、どう？　どんなシチュエーション、服装でもいいから、BGMは迷宮ムード、Crazy♡
Love Songじゃ愛し足りない……君からのActionを待ってる……指先から溢れ出すSo I want you……

このまま、天国まで堕ちていこう……媚薬めいたローション、体中に塗って、このままFallin Fallin……
脱がせないランジェリー♡ドレスは乱れたままで依々……今夜の二人は、銀河中の何より素敵♡

Can't Stop Lovin'☆もう、夢かもしれないから、キスマークは、痛く残して？　明日、また抱きしめて……
始まってしまったときめきのコンプリートステージは、クリアー不可能……永遠に続いていく……

Long Distanceもう長い時間、夢の中にいたね？　続きは、物語の世界に招待♡チケット受け取って？……
もう我慢しなくていいよ？　いい子ぶらなくてもいい☆あなたは本能に従って、色々試して、今夜も果てまで

やさしい人がタイプなわけじゃない……肌が合う感じ☆So直感で分かるから……あなたの感覚さえ、SoLockOn☆
夢さえ超えて、♡次世代LOVEコミュニケーション♡感じ合おうよ？　あなたの吐息もっと、耳元で、聴かせて？

ブラックホールより危ないけど、あなたに夢中になってみたい☆リアルはどんなファンタジーより、ときめくから……
このまま、愛をCatchしてみせてよ？　私の心、どっかにいっちゃう前に……
♡魔法プリンセス♡愛の迷宮にようこそ♬So私達迷宮入りしたまま、このままで、いよう……
Starlight☆スターライトに照らされて、あなただけを見つめている瞳に、気付いてよ？

LOVE♡KISSよりヤバくて、
永遠に消えてしまう前に、ロザリオ☆壊れる程に女神が愛しい、永遠に解けないミステリー〜愛の謎〜
〜二人のプログラムは惹かれ合う運命♡どんな言葉でもアレンジメントさえ、超えていく……〜
これから、終わりそうな予感に包まれて、ヤバイ未来が始まっていく、素敵なイントロが無限のMUSICに

コンプレックスさえI LIKE☆愛しくて……
最悪なジェラシーさえも、最高のときめきにインフォメーション・プロローグ♡あなたと夢の中へInto the Dreaming
〜やさしく愛さないで？　Secret Vibes☆星空のロンリネス・ナルシスト☆あなたとラブソングの海に溺れて……〜

あなたの愛は☆Prism Cocktail☆今夜も、飲み干してしまいたい……グラスに浮かべた未来メロディー眺めたまま
あなたと出会わなければ、この世界は存在していない……何もかもが運命だと銀河船、舵を取る

♬Real Imageのあなたは、Alrightな夢を見る……ホントは迷ってる、悩んでる……頼って欲しい……メールして？……
One Life＝永遠光年を生きる♡危ないミッション……本当は壊れそう……ワープして会いに来た、君を抱きしめる……

もうカケヒキは終わりにして？　あなたしか愛せない……このゲームのエンディングは、不思議な魔法にかかって
愛を見つけられるのかもしれない……あなたと見つけたお城で、甘い罠、Tonight時空トラベルして……

危ない愛でごめんね？　いつかの銀河列車で、未来に導かれたね？　ロマンティックが止められない……
悲しませたり、泣かせたり、ごめんね……あなただけに、ハート救われていたよ……

あなたとトラブル☆壊れかけたハートは、そんな時こそ、テレパシー読み解かないで、只、抱きしめて……
Real Love始めてみようよ♡きっと居心地良い関係に、ときめき合えるパートナーに♡

素敵なLove Songが生まれるのかもしれない♡甘いラブストーリー♡リピートして……
あなたと終わりたくはないよ♡いっそのこと、異世界、行ってみようよ♬
いつか未来世界でめぐり逢えたあなたと私に……色々なコト乗り越えて、想像とは違くても……
想い伝え合って、また切ないディスタンスさえ超えて、ねぇ？　だから、今伝えるよ……

〜どんな未来でも依々☆あなたがいてくれるなら……だから愛の迷宮Crazyな世界で……、
LOVE MUSIC♬歌うように、二人だけのWonderland消えないように……

◇MYSTERIOUS WONDERLAND SECRET SEX☆ ～真夜中のLOVE♡KISSパーティー☆不思議ONELIFE DISCO♡～

不思議ね？　あなたの瞳は、まるで魔法♡私をタイムスリップさせてくれる……依々の？　こんな愛でも……
～背中越しに抱きしめると、まるでイリュージョン☆君の悩み事さえ、きっと消してくれるよ？　月明かりの中で……～

甘いテレパシー♡ねぇ？　伝わる？　あなたを愛だと勘違いしてたあの頃は……ねぇ？　今君はそばにいる……
そっと頬に触れて、やさしく口づけたいの……ためらっても素敵な予感に包まれたまま、LOVE♡KISS

夢かもしれないね？　絡め合う感覚は、こんなにリアリティーあなたを求めてしまう感情は、止められない
もう、素直になって？　Soこのまま辿り着いてみたいの……あなたの温度を感じながら……ねぇ？　止めないで

♡ミステリアス・ワンダーランド♡もうタイムスリップしたくない……あなたとこのままONELIFEDISCO
ミラーボールのドット♫クルクル回って、君とはしゃいでいたい……時間を、So止めないで……

このまま未来に連れていって？　タイムイリュージョン♫同じ音楽を聴いて瞳のスクリーンに映る異世界浮遊感
～今日も祈る……あなたの願望を……不思議なときめきが、君と未来まで続いていますように……～

流行りのディスコで、あなたと傷付いて、雨に濡れたまま、抱き合って、LOVE♡KISS求め続けたい
甘美なの……BOY FRIENDより、ときめく……このまま君と映画のフィルムが回っていく……

一緒に迷って、夢のワンダーランド♡タイムトラベル続いていく、魅力的な、君が分からない
何もかも捨てても、君を探しに行く……未来の、君に会えるなら……

やさしい温もりが恋しくて、崩れてしまいそうな、私のライフスタイルさえ、魔法がかかる!!!
～真夜中のLOVE♡KISSパーティー☆あなたと、ときめいていたいの……Love Song World迷い込んで……～

☆ミステリアス・ワンダーランド☆あなたを抱きしめてあげるよ……儚い幻想の中で……愛だけが、リアル……
君だけが消えてしまいそうで、悪夢にうなされて、ベッドの中で君を探してる……

～もっと、ずっとそばにいて？　もう何処にも行かないで……今は、幻でも……～

閉じ込めたい君と二人だけの世界☆解き放っていくパッションは、タイムマシーン☆クリエイト……
～セクシーなファッション♡今夜も、君とキメて、未来世界に招待♡危ないディスタンス……～

もっと、あなただけ欲しいの……カケヒキも意味ないわ☆あなたの心は、隠せない……
何もかも味わったつもりでいないで？　リアルは……Soもっと、気持ちいいから♡

ヤバイ存在でしょ？　君も私も、見つめ合った瞳を逸らしても、あなただけ見ていたい……
リアルに近付いてみせてよ？　どんなシチュエーションでも依々でしょ？

愛が消えていってしまいそうな真夜中……夢見たままタイムスリップしてしまおうか？……
～異次元時空を彷徨って、心の衝動に従って、君のいる銀河に向かう……～

ヘッドフォンから流れるFUTURE MUSIC♬君まで、届いてる？　君の吐息が、聞きたい……
宇宙は永遠光年にChange Up☆君を求める此の愛はForever♡

銀河翔けていくShooting Star☆愛が全ての源☆そんなことより、君とパーティーしたいな♡
色っぽく誘惑して、触れ合いたい♡LOVE♡KISS終わらないでしょ？　真夜中、揺れながら……

初めての感情を、君とSweetheartの距離感で、始まっていく♡ときめいていたい!!!
あなたと、いつも触れ合っていたい☆色んなコト、しよ♡

甘美な香水漂わせて、心は、いつも君を求めてる……知ってる？　愛が銀河クリエイトしていく✂
私の秘密を、君にだけ感じさせてあげる☆So誰よりも、気持ちいいから♡

一緒に暮らしても、いつまでも危ない関係でいてあげる♡君を惑わせて……
～だから毎日、LOVE♡KISSパーティーしよ☆もう、タイムスリップしないで……～

☆DREAMIN' わたあめシャボン玉フランボワーズ♡
～浅い眠りの中で、天国にいるみたい♡～

♬パステル虹色オーロラ傘☆天気雨のBGM☆
自由になれた感覚で、Lockonあなたを求めてしまうBlue Skyに包まれて、ハートは、Wonder
～このまま会いに行くよ☆未来を浮かぶ、やさしい温もりにSo Touch全ては夢じゃないと、笑わせてよ？～

どうして君のことばかり、気になっちゃうの？　What's?!　K・I・T夢だから!!　あなたと創っている世界は……
もう、あなたに飛び込みたいの……受け止める愛の囁きが欲しい……天国にいるみたいだから

もう、何処にも行かないでよ……あなたと未来を分かち合っていたいの!!　遠い未来のことなんて、考えない
過去になんて戻りたくないのよ!!!　只、君とリアルが、心と体に足りないの☆虹色の空、プレゼント

まるでファンタジー悲しい夢の続きを、Wonderland♡素敵な予感に……君だけを見つめていたい
KIRAちゃんみたいに、大好きだよ♡……伝わらなくても、Hugして、感じさせちゃうから

秘密めいたときめき
君も、感じる？　離れていても、体中Loveキュン♡しちゃう……激ヤバ☆二人の汗で、今宵も……
～愛し合うため、生まれてきたよ……だから、毎晩寄り添って、愛が欲しい……～

もう駄目って位、ジェラシーの渦に飲み込まれて、リアル現実、愛のフレーズ、リリースされて……
期待なんてしない未来に、予想不可能なミラクルハピネス♡あなたの瞳に見つめられて

Uhこのまま危ない予感に抱かれて、銀河船に、二人乗り込んで、Secret Sex☆したい……
あなたの、そのやわらかい口唇に、溶け合っていく天国のランデヴー♡

甘いキスを感じさせて？
もう何も欲しくないから……あなたの言葉じゃなくて、ためらいながら、近付きたい……
～ホントは、怖いの……あなた好みじゃないかなって、不安で、さよならしたくなる……～

あなたの心さえ、分からなくて……あなたの幸せ、想う度、辛い……いつかのラブソング……
全てがメロウに映る真夜中、震えながら、眠りに就く……夢で逢えたら……

あなたの空は、どこまでも透き通っていて、自由で、開放的な南国の海みたい……
Rockなスケートボードを走らせて、勇気をくれる君と、奇跡を起こしたい

どうしてこんなに切ないの？
甘い恋なら、このままトロピカルジュースを味わいながら、物語天国で、夏空に見つめ合っていようか
〜もう、さよならなんて、今更響かない☆裸足のまま、君を捕まえに行くよ☆逃げないで？〜

KIRAちゃんHeaven Worldから、エスケープ♡いつの間にか、あなたと大恋愛Catchして……
浮かれたハート感覚で、君に夢中さ……濡れた髪に触れて、とろけちゃうLOVE♡KISS

ずっと、大切だよ……
あなたの胸に包まれてみたいよ……もう君への想いが、Fire♡Sweetheartより、SECRET♡
〜 AV Theaterに浸りながら、君と、もっとHなコトがしてみたい……そばに来て？〜

ピアノみたいな鳴き声で、愛情表現しないで？　反応してしまうLOVEMUSIC吐息が揺れる
素晴らしいミュージックが、完成してしまうよ……First Takeで即興メロディー☆レコーディング

永遠光年、君を求めてしまう、この愛は、やっぱり病みつきのMUSICみたい
危ないんだ☆永遠に夢中になれるLove Mu♡あなたに響くように、これからもクリエイト

君と感じる全ては、もう愛だから、もう二度と、叶わないような時が訪れたとしても……
愛は、全てを叶える魔法みたいなものだから、So信じて、祈ってみようよ……

これからも、虹色の空を、君と見てみたいから、あなたのSmileにそっと笑顔で……
手をつなぐ距離で、ほら？　あのスケートボードで、辿り着いてよ☆

どんな君も、ときめくから
このまま、Touch♡恋しよ☆あなたと、もっとずっと一緒に居たい!!　未来現実の扉を開いて
……

♪未来音楽パステルノクターン☆流れ星プログラミング
「♬永遠に夢中になれるLoveMu♡」

不思議な程夢中になっていく瞳見つめて……
あなたの感覚をデイドリーム胸がドクンとする快感♡君のCrazy Loveどんな気持ちで、想っていてくれるの？
〜言葉も何もない空間で、狂おしい程に、今君が欲しい……リアルな感情を、プログラミングなんて無視して……〜

二人だけのお城に辿り着こう☆パステルノクターン♬最悪な予感さえ、ミラクルで染め替えてあげるよ♬
探してる真実は、もう二人には、必要ない♡永遠に夢中になれるSo君と僕だけの世界♡

♦ダイヤモンドの煌めきに、知ってる？　私はタイムトラベルしている☆So未来を守る為に……生まれた……
完璧なあなたのミステイクさえ、銀河の煌めきに、揺らいでしまう、そのハートが好き☆

―あなたが迷宮入りしてしまう感情は、まるでDestiny☆変わってしまった運命の世界の中で……
今夜、私の気持ちを感じて欲しい……バラの花束ため息に濡れた、君が知りたい……―

僕の心は、Pink Diamond♡永遠の愛を、存在証明さえ、叶わないままに……
Full Moonプリズム☆月光に映す淡い幻想の君がFallin'Love未来さえ、分からなくて、依々

思わず笑みが零れる君のミステリアスなやさしさに、今日もハート奪われて、君のことは、永遠に分からない……
透きとおるその体にkiss終わった恋なんて、甘いローションで、今夜も、君と気持ち良くなって……

あなたの眼差しだけは分からない……誰を見つめているかなんて、素直になって？　指先誘導されるままに……
あなただけにときめいて、銀河一罪深い神様と女神の謎めいたラブストーリー、続きは？……

僕だけを見つめていてくれたら……
宇宙のシステムを未だあなたは知らない……そのカラクリはタイムマシーンの作り方☆
〜いっそのことシンプルに地球の文化や街並み、進化を続けながら、守ろうか？　それがBEST!!!〜

スペーストラベルなんてロマンは、日常が恋しくなるだけ☆もう少し先でいい♬
あなたへの想いだけ、銀河トラベリング☆永遠さえ超えてしまう、I LIKE♡好きだから!!!

おかしくなりそうなMissyou☆KISS MEあなたのテレパシーよりRealなキスをして……

ベッドの中で気持ち良くなって？　私とが一番相性いいでしょ？……

不思議なときめきLOVE♡KISSトラベル
あなただけに恋しちゃうなんて、らしくないな……今夜だけは、あなたの気持ち、もっと聞かせて？……
〜もう駄目なの……あなただけ想い続けて、何もかも幻想(ゆめ)かもしれない……なんて〜

甘いフレーズが切ないブレス吐息のように、寄りかかって感じたい、やさしい夢のような世界で……
ホントは、あなたが眩しすぎて、銀河中からさよなら……云えなくて……それでも、逢いたい……

困らせたくないから、離れようって思ったけど、誰も、心の中に、入ってこない……
☆銀河系LOVE♡KISS HOME♬いつか一緒に、暮らそう？　メディアも、何も、関係ないよ……

星空も祝福してくれる☆流れ星プログラミング……永遠に幸せになれる宿命……
あなたを笑顔にしてあげるよ♡あなたといられたら、それだけで、私もHAPPINESS♡

この気持ちが愛なら……
私は永遠にあなたを想い続けて、生まれ変わっても、どんな惑星にいたとしても……
〜K・I・T何度でもあなたにめぐり逢えるよ……そして、きっと恋に堕ちる……〜

大切なの!!!　あなたが笑ってくれるから……瞳の中の光が、私を見つめている……
あの頃も、笑ってくれたね？　遠い夏祭りのあなたの顔さえ憶えてる……なんて……

〜銀河空間さえ、シンクロしていく……無限の時間が、愛のPowerで、ミラクルロンリネス・ロマンティック☆〜

あなたの瞳はあまり見つめられないけど、淋しくても、切なくても、生きていこう？
月明かりに包まれて、愛し合ってしまおう……暗闇の中で、見つめ合えれば、何も怖いことは無いよ？……

君への想いが、FIRE♡もうこれ以上夢中にさせないで……いつも、君だけ、見つめている……
タイムトラベルの仕組みは、ドラマやマンガで描かれるようなトリックではない
だから、きっと誰にも、分からない、Soミステリー☆

ずっと、そばで笑っていて？　限られた未来を、無限大の夢で、いつまでも、離さないで……
銀河中に響く愛を奏でられたら、僕達は、永遠さえ、叶えていけるんだ♡

☆ギャラクティック・スタークルーザー☆
～銀河船パイロット♫未来世界プレゼント♡～

時空間結晶ユートピア❀
未来世界にインストールしたら、煌めき始める銀河色のカクテルグラス☆メルヘンアドレセンスパスワード
～永遠光年、生きていこうよ!!　あなただけのタイムマシーンを、完成させて、今すぐ、行ってみよう☆～

思わず零れる涙も、光の素粒子♡未発見原子さえも、君だけの、愛かもよ?!☆
時間流星は、僕達の、願いを叶えていく☆テクニカルアレンジメントも、信じた者勝ち♫
～重い扉が開くよ☆軽やかに、自由に……君からの、Birthday Messageも、嬉しかった♡

此の世界の全てに、名前を付けて、自分だけのドラマ♡タイトルコールに、君がいれば依々☆
真剣に悩んで、何も浮かばないなら、あの海に行ってみようよ？☆心が晴れる……
～例えば、あなたがいれば、人生最高♡So思える出会いが、宝物❀～

全てに意味を感じて、何もかもどうでもよくなって……迷宮入りしても……自分の中の天使と悪魔
上手に使いわけて、支え合って、生きていこう☆今も、HAPPYに、生きていきたいよ♡

Uh私の名前を、君の声で聴かせて？　君の名前呟いて……私達って何か似てるのかな？
秘密の暗号みたい☆二人の生年月日、数字占い的にも……君も、気付いてる??
～例えば、運命が変わったとしても……天命は、変わらない……君だけを、振り向かせたい

あなたがいるだけで、私の世界は虹色♫時々夢が消えても、消えちゃいたくなっても
東京、光る街で、あなたと私は出逢った……銀河系運命のレベルで……
First Impressionは最悪……偶然だと思ってた……エンドレスフィーバーに、気になっていく君
……

あなたがいれば、僕は、何でも出来る♡君となら、いつでも笑っていられるような気がする……
～銀河色のカクテルグラス☆眺めながら、未来世界で、君を待っているよ……～

君は既にパーフェクト☆ネガティヴ感情や、壊れた君が恋しくなるよ☆演じないで？
歪んだハートも、色んな君が知りたくて、綺麗なものより、不完全なものに、魅かれるから

あなたを抱きしめるBLUE PLANET☆K・I・T銀河一尊い惑星♡今、生きているよ？☆
もう、全てを巻き込んで、この星のドラマ、宇宙中輝かせる☆
～未来世界を想うセンチメントなLove Song生まれてしまう……君は今頃、どうしているの??

♡時空間結晶ユートピア❀アイスクリームでも、食べに行こうか？　未来カフェで、今君と……
素敵なタイムマシーンが、永遠さえ、守ってくれるでしょう☆銀河系ICE CREAM☆どんな味!?
☆

～あなたと笑顔でいたい☆LOVE♡KISS DIAMOND☆味わいながら、いこう✿～

Bittersweetな感情もあなたと旅している♡時空間結晶ユートピア✿魔法をかけたら……
～それは、遠い未来……時間さえ巻き戻して、未来世界輝かせる今に、気付ける……～

あなたが、愛しい……夢見心地な季節のまま、景色さえ、変わったら……
私達は、愛に気付けるのかな？　君となら、毎日きっとパーティー♬

頭ポンポンして、可愛がってくれたら……君だけのペットに、なっても、いいかも♡
愛の証LOVE♡KISS 今夜は、夢の世界、逢いに来て？……
あなたの指先で、あなただけ感じたい……快楽の吐息も……

ずっと、待ってるよ……いつも、あなただけ……But未来世界、もうすぐだよ……

New Song楽しみにしてる
あなたの愛し方を、感じてみたい♡二人なら、きっと魔法がかかる♡
～ SENTIMENTAL FEVER✿トクンと高まっていく、重なる胸の鼓動を……～

Uhいつの間にか♡時空間結晶ユートピア✿メルヘンLOVE♡KISS銀河の夢を……
あなたとなら、叶えられるみたい☆胸をギュッとする切ない✿Stellar Party Tune♡

あなたを忘れてみたい夜も、二人だけの秘密の場所 ≡ 未来世界に、行きたいの✿
人恋しい真夜中、君の愛に触れていたい……素敵な曲が流れ始めたら……
～夢の中でコンプリート♡あなたとの甘いキスの味も……～

夢から覚めたら、教えて？　未来世界、夢の続きを……甘いキスの味も、リアルに……
銀河色のカクテルグラス合わせて、君と笑ったら……「未来世界プレゼント♡」

♡神様キャッスル☆LOVE ♡KISS HOME❀
〜不思議な気持ち♡次世代天国の作り方♡〜

あなたに触れられなくても
一緒に眠ってる感覚で……未来は、次世代天国のアップデートさえ……あなたのそばには、いつも、私がいるよ？
〜不思議な気持ちで♡神様キャッスル☆LOVE ♡KISS HOME❀毎日、パーティーしよう？　K・I・T今頃……

Spring出会ったペットが、心癒してくれるね？☆あなたと私は、これからの試練、乗り越えられるかな
まるで異世界のような未来現実、辿り着けたら、悩み事さえ……あなたしか、見つめられないかも……

―☆Hide-And-Seek☆―もう飽きたし。VOOMのシグナル☆君に、届けちゃおうかな……
幸せなんて、興味ないけど、君とグラグラ、HEART揺れていたい……もう、それだけで、依々♡

♬Real Music♡の世界で、LOVE GAME楽しもうぜ!!!　何かが、変わり始めてる……
あなたも、きっと気付いてる……この感覚……世界も……未来も……運命さえも……

もう、僕達一人一人が力を合わせなければ、この星さえ守れない……気付いて??

支え合って、生きていけたら、それだけでHappiness☆些細なコト、気にしないで☆
あなたの瞳に、愛を見つけた、Soその瞬間から、私の世界は、輝き始めたから……

解き放つ君への想いを、銀河さえ、煌めいて、愛で、全てが創られていく……君に会いたい……
涙さえ零れおちて、溢れてしまいそうな切ない気持ちを……私達は、どうしよう……

あなたに救われている……命さえも……銀河の彼方に消えてしまいそうな時さえも……
きっと、風に歌えば……誕生する本能の光に、心も体も、魂さえ癒される……

覚醒する瞬間を
不思議なメロディーライン♬トワイライトのときめき♡謎めいた、愛の正体を……
〜何故、あなただけが、こんなにも恋しいのか………一途すぎるStill In Lovin' I miss you……

全ての謎を解いても、愛を歌う……Love Songが生まれてしまう……理由は、いらない……
あなたとシェアしたい☆日々の彩りを、未来まで連れていって欲しい……

自分だけの世界に、囚われて、愛さえ、消えてしまいそう……あなただけが、こんなにもあたたかい
〜やさしいkissをして？　見つめ合う、トクンと胸打つ、真夜中に、君と夢が見たい……〜

あなたと、夢のような、未来で、笑っていたい……Everyday、愛を、感じていたい……
未来カフェ、探しに行こうよ☆あなたの話、もっと聞かせて？　Best Friendみたいに……

あなたと、一緒に、ベッドの中で眠りたい♡安らぎに包まれて、幸せな夢が見たい
〜可愛いペットと、お散歩……揺れる木々も花の色彩も……今日も、この世界は、素晴らしい♡〜

未来世界、君とゆっくり、歩いていたい♡あなただけ、見つめていたい……
一人の時間も大切にして、あなたも、仲間と弾けたりしていて？☆

今日も、この空に願う……私達の、夢が叶いますように……平和な世界が、続きますように……
あなたが、未来に希望を、持っていられますように……もっと繋がっていられますように♡

どんなあなたも、恋しい♡もっと、知りたい☆幻想☆現実世界から、連れ出したい……
信じられない時でも……何もかも叶わない、ときめきが消えてしまっても……

BLACKに、生きても、いいんじゃない？　とがった、君のハートがLIKE☆
〜どんなに、離れてしまっても……きっと、惹かれ合う運命……〜

あなたがいるから、世界は、輝いているよ🎵夢も、希望も、時に雨音に心癒されていく……
困っちゃう位、愛に依存症……未来音楽が生まれてしまうよ……

危ない位、ハートに火が点いて、メラメラ燃えている☆薪くべを忘れずに♡
あなたにLockon☆突然に、デートに誘ったら……ずっと、一緒に生きていかない？

仮想世界から、抜け出して、リアルな温もりをあげる♡そばに来て？
♡神様キャッスル☆LOVE♡KISS HOME✂一緒に、辿り着こう🎵

愛の輝きこそが、天国のアップデート ＝ ♡次世代天国の作り方♡だから……
世界平和なんて、君と愛し合っていられたら、全てが叶ってしまうよ……

☆ 超 VINTAGE騎士 ATLASHERO ☆
―❀流れ星CONCEPT♫異世界浮遊感覚♡―

あの瞬間から迷宮入りした夢のラディアンス
あなたがいる……幻みたいな温もり……傷付けたくなくて、Good-Bye☆何もかも失っても生きていける世界は存在しなくて
〜手を伸ばした……背中を抱きしめて、引き止める彼女と、銀幕にこんがらがって、キスをした……〜

瞳に映るColor、セピア色、あなたに出会わなければ、この胸の痛みも知らないまま、夢を見ていたのかな？
タイムスリップより、スリリング☆モノクローム・エフェクト☆アンドロイドみたいな瞳で見つめないで……

※メルヘン・フラジャイル❀銀河トップシークレット……異世界の謎より、君の心が知りたい……未来をつかまえて……銀河船BEAM☆テレポーテーション♫辿り着いて？　パラレルフューチャー

次世代天国ワープして、Utopia♡計り知れないセンチメンタル・アレンジメント、未来は何処♪♡うさぎメルヘン・コンセプト♡君のペットにして☆ミルフィーユkiss、君だけに、あげる♡

―僕達は迷い込んだんだ、♡銀河系メランコリック・サティスファクション♡愛だけを、求めて……
テレパシーが聴こえる……エスパーじゃないけど、確かに感じる、君の感覚……―

今、君とは違う世界にいる
触れられないのに、君を抱きしめて、So守ってみせる……綺麗な涙さえ宝石みたい……
〜物語の続き、一緒にクリエイトしていこう☆現実未来に、辿り着いてみせるさ……〜

説明は要らないんだ……次世代文明にいこう☆いつか永遠になったとしても……
寂しくなんかないよ☆So悲しいことなんかじゃないんだ、今は分からなくても……

全てが消えていきそうな瞬間、リセットボタンを押したよ……そして今の宇宙が始まった……
そしてビッグバン☆僕らの切ない思いが、今も銀河を彷徨い続けてる

終わるわけはないのさ……あなたを愛している……抱きしめてしまいたい……
届かない指先……星空にかざして、同じ星、時代に、めぐり会えたのに……

叶わない憧れが星屑になって、キラキラしている……僕は消えてしまうかもしれない
〜全てを手に入れた気分で、何もかも諦めてしまいそうなんて、どうかしている〜

あなただけに伝えたい……これ以上悲しませたくないから、一緒に、未来まで、行こう

きっと叶うよ……So 何もかも……運命的なエンディング、ドラマティックに、エスコートしたいのさ

どんな時でも、この手は離さないから……さよならしてもいいよ？　君が望むなら……
僕はいつでも、君のそばから消えていく……夢の続き、一緒に見たかったけど……

これから何処に行こうかな……
愛だけは胸に……君の瞳も、忘れてしまいたいよ……夢描いた世界も、幻のように消えていく……
〜あなたにだけ全てを……世界中の財宝なんかより、君のハートだけが、欲しいよ……〜

☆銀河系Glassイリュージョン☆未来都市エレベーター最上階で……レガリテート・サスペンスドラマ♡
危ない位、君が好き☆LOVE♡KISSレストランバー☆L.H.秘密のテクニックで……

甘い愛の行方……ラブストーリーは突然に……サングラスを外して、異世界でも、抱いていたい……
君を泣かせても〽真夜中のCOSMIC DRIVING☆アクセル全開でLet's Going☆

願い事たったひとつ叶うなら……今も、君と夢描いてたWonderlandにいるのかな？
―☆夢中で君に恋をして……時間がタイムスリップしていく感覚……―

僕の愛は無限大♡まるで宇宙みたいだ……あなたへの想いは銀河さえ、誕生してしまうよ☆
☆MELLON KISS AND♡STRAWBERRY SEX☆―甘い気持ち。ミッドナイト・リグレッション♬―

あなたと笑って……夢みたいな奇跡が、叶ってしまうのかもしれない……運命に導かれて、Future Kiss☆
〜存在を確かめ合おう……君との未来さえ、ジャックされたとしても……〜

―♡シークレット・ノクターン♡未来音楽エンターテインメント・リフレクション♬―
LOVE♡KISS プロポーズ……Everyday ハネムーン♡抱いていたい……

STILL I LOVING YOU♡……あなたの甘い声が聴こえる……

♪魔法LOVE♡KISS恋愛聖書INTERSECTION
～✄銀河素敵MIRAI惑星☆Midnight Lesson♬～

So私達、タイムトラベラー☆失いかけた未来を、変える為、叶えたいから、時を超えて、貴方に逢いたい……
～君がくれた愛のヒカリを、キラキラして、夢見心地♡ねぇ？　L.O.V.E.タイムトラベル繰り返しても……～

あなたが教えてくれたね？　♪魔法LOVE♡KISS恋愛聖書その心に届く頃、私達、未来世界にいるのかな
✄銀河素敵LoveSong、MIRAI惑星に歌いながら、貴方を、探しているよ☆

いつも一緒にいた……イルミネーション街のショーウィンドウ☆あのくまさんプレゼント、妄想したりして……
ずっと抱きしめるように、眠りに就いて、あなたの幻想と、ダンス♡平安時代の君と……

君も、誰かと恋をしていたのかな？　胸がギュッと締めつけられて、息が出来ない位、苦しかった……
君のハートに、そっとキスしていたよ？　LaLa♪月のうさぎさんと、眠れない夜に、カウンセリング

夢の世界で、呼吸をして、あなたには近付けない、デートに誘いたかったのに……
真夜中のウエディングパーティー♡幻想（ゆめ）でも良かった……ヴェールを、脱いだら……

いつも、あなたに恋をしていた……そばにいる気がしてた……秘密のお城で……
平安時代の記憶なんて……想い出が……あなたに触れた感触も……

イマジネーションワールドで、物語が綴られて、リアルにつながる星空の色を探してた……
～虹色のレンズで、君を見つめたら、やさしく微笑んでくれた、それは、未来の二人♡～

迷子になっちゃったよ……Hide-And-Seekエスケープ、私は、私を探してる……
あなたが守っていてくれるのに、もう銀河中から、さよならしちゃいたい……

涙が零れても、一人ぼっち、天国みたいなカフェで雨宿り……未来が怖いよ……
銀河ジュエリー作り、イメージしても、ハッピーシュガーライフ✄シナリオを描き直したい
スマホで撮ったセルフポートレート♡どちらが本当の私なの？？……

素敵な君には、似合わないのかな？　それならいっそBAD ENDがいいな☆
あなたのことなんて、忘れちゃった♡夢の中なら、いいのにな……

完璧じゃない私は、きっとルーザー♬笑っちゃうな☆銀河の全てを守りたいなんて……
宇宙の聖母（かみさま）だなんて……私は、私を守りたい……

貴方に、めぐり逢えると信じているから♡絶望なんて、解き放ったら……消えちゃった☆
〜生きていくということが分かったから、嫌じゃなかったら、あなたのそばに居たい❀〜

ねぇ？　全ては物語♡But MEMORY♬貴方のLINEに、メッセージ送っても、いい？
未来世界へつながる☆Midnight Lesson♬本当のテレパシー受け取って♡

あなたが笑顔なら、一緒に笑っていたい☆今まで、そばにいてくれて、ありがと❀
大切な何かを、諦めないように、続けてこれたコト♡今、意味を持つから……

時間は限られているけど、此の愛はForever♡銀河素敵MIRAI惑星☆ねぇ？　いつの間にか
未来音楽聴こえてくる？☆君の愛にも気付けず、ごめんね……

月明かりの夜道を歩く度、君のいる場所につながってる気がした……夜行列車が通り過ぎて……
気まぐれな君からのブログ届く度、未来世界へのワープ近付けたから……

ねぇ？　毎日❀Merry X'mas Party☆K・I・T君となら……未来世界、夢のように、きっと叶う
よ……
〜胸のときめきも、君がそばにいてくれたら……笑顔でいられるような気がする♡……〜

ねぇ？　色んな私を見つめていて？　あなたも私も知らないような二人になろうよ？
不思議なWonderland、一緒に、迷い込んだね？　Real Musicの世界へ行ける☆
―あなたの声が聴きたいよ？　歌声じゃなくて、私の名前を呼ぶ君のSweet Voice♡―

☆Midnight Lesson♬君と見つめ合いたい……真夜中のLOVE♡KISSパーティー☆リアルに、
叶うかな……
貴方と抱きしめ合う感触を……いつも、消えちゃいそうだから……
物語を脚本にして、SECRET AV女優感覚で、いっそ銀河生放送❀

―いつも幻想現実ワールドで、LOVE♡KISS DANCE踊るように、君と恋をして……
あなたと、魔法みたいに❀銀河素敵MIRAI惑星☆もう、イリュージョンしている……―

31

II

☆魔法銀河系タイムマシーン☆
―未来をつかまえて……―

─◈メタモルフォーゼ・ユートピア♡
─魔法少女の秘密☆─

あなたの切ない笑顔に、胸キュン♡ハート掴まれて……
あの夜は幸せ胸一杯包まれて、未来が変わったの……デイドリーム、いつも君を感じてる……

時間感覚は未来時計クリエイトされて、タイムマシーンウォッチを、あなたにプレゼント☆君と二人だけの秘密
未完成のアニメには、興味がない……君とOne Lifeコンプリートしてしまいたい☆ついてきて？

〜甘いうさぎCafeにようこそ♡可愛い口を、モフモフして、君とHappiness♡KIRAちゃんみたい……
終わりのないストーリーというのは、永遠のメタモルフォーゼ・ユートピア♡あなたを、愛してる……

聴かせて欲しい君の話は、言葉だけじゃない空気感、夏色の街を、ゆっくり歩こう……

─ファンタジーランドLovin' you♡「夢の定義は、曖昧でも、なんくるないさ♬」君のユーモアに包まれて
何処にいても、あなたを感じてしまうのは、K・I・T未来的予知夢の魔法……─

夏祭り、騒がしい風鈴と青空……
じゃがバタが好き♡これだけは、外せない……君と射的なんて、未来(ゆめ)見てる……

君が大切すぎて、やさしくなっちゃう……完全に、罠にはまってる……でも、居心地好い☆
君の横顔見つめるのが、好き♡恋しすぎて、この距離感が、依々……

♡浴衣気分で、手つなぎたいけど、君が恥ずかしがるから、離れた手が切ない……
わたあめも未来カラー☆R&Bモデルガンも、笑っちゃう※でも、買っちゃお

いつの間にか景色はキラキラ♬まるで異世界感覚♡あなたから、離れたくない

〜いつもやさしくて、しっかりしていて　笑ってくれる君が好き☆青春LOVE♡KISS……
ブルーハワイかき氷に、いちごのフラッペ♡天国かもしれない……

♡パステル未来ミュージック♡どこからでも、聴こえてくるよ？　夢かな？
あなたの色っぽい仕草に見とれて、また恋に堕ちた…‥夢でもいいや☆

☆未来カフェレストラン☆メニューも、ファンタジック次世代……「メタモルフォーゼ・ユートピア」オーダーして
涼しい夕闇の風に包まれて、テラス席は、ロマンティックな、インフォメーション……

何も欲しい物がなくなっちゃう位、幸福で……

笑っていられるの……守りたくなっちゃう……星空に一番星☆君にあげるね♡

例えば遠い昔の銀河の中でも、愛し合っていたのかもしれない……
それは遥か未来銀河の世界なのかもしれないね☆

〜 Sweet Home に、一緒に帰ろう♡今日は、少しだけ遠回りして、夜風に吹かれて、
夢のまま消えてしまわないように、私が魔法をかけるから……〜

どんなインプレッションも、ハートも、切なく感じるのは、K・I・T恋しているから……
星屑のお守りを、お土産にして、未来星座が誕生してしまう……

♡不思議な未来の扉を開いて……素敵なパーティーの始まりだよ❀未来フレグランスの香り
此処は、So Sweet Home 見つめ合って、キスして、浴衣を脱がし合いながら……

その素肌に触れたくて、首筋のエクスタシーも、リミッターは限界……愛したい……
Danceよりロマンティックに愛し合って、パーティーは、終わらない……

Love Songを歌うように、Make Love♡夢でも物語でもない、此処は、未来♡
銀河は、祝福してくれる☆いいんだよ、愛が一番素晴らしいものだから……

本能に従って、Every Night愛を求める、その指先を止めないで……

物語を脚本にして、女優気取って
あなたとなら、世界中がステージだよ☆恋愛映画の続きは……

いつの間にか、「メタモルフォーゼ・ユートピア」シークレットメニューだって……
本気モードで愛し合ってしまう、君の秘密に、胸がトクンとして……

体中から、あなたが離れない……今夜は、もう眠れない……
君を、夢中にさせてあげるよ♡秘密のテクニックで……

だから、もう、心も体も、離さないで……❀未来フレグランスに、キスマーク……
あなたとエンドレス・エクスタシー感じ合いながら、今夜は、愛を止めないで……

～☆海のキラキラブルーまるでファンタジア☆
君とはしゃぐだけで、いつかのLove Song♡～

南国LOVEミーティング☆君と未来(ゆめ)
時間差でフライト♬君とめぐり逢うDestiny Time近付いていく……推理マンガのリアル世界観☆
此の先は、ミステリー？
～想い出作りなんかじゃない♬あなたのロングヘアが揺れて、甘くて、苦くて、ハートはバクバク
知らないフレーバー～

Todayこの頃見た夢♡銀河パトロールにジャックされたままTwo Week☆Make Love Mission
ベッドルームにお姫様だっこ
君と抱き合ってハネムーンDreamin'☆夢の続きはタイムトリップして、未来なんて、分からない
ままで……

一君のタイプばかり気にしちゃって、Cute Cool気取ったりして、心の中は、君との妄想爆裂中
……
次回作完成したら、奇跡が起こる☆君に会いに行く☆って決めてた♡会いたい……―

不思議な君からの招待状☆ラブレターみたい♡☆♬ZEROから始めたい！　LOVEmore何もか
も♬
Lady I want you☆君のプライベートに、侵入していく……リアルは壊れそうなI LIKE♡

ホテルに到着したらBlueSky
浮き足立って、V.I.Pな君まで、隠されたヴェールは、君のテレパシーだけ、いつも聴こえない
……
～魔法の本のPowerモード全開☆LIVEまでFree Time偶然会えたら……～

Secret Mail送ったら、君と秘密の場所で会えるのかな？　迷宮入りして？　リアルタイムライン
☆
準備なんて出来てないけど、どんなシチュエーションでも会いに行く☆密会スクープされそうでも
……

安定した精神状態で恋愛のプロローグなんて、始められないよ!!　全てを壊しても……
そろそろ未来にイリュージョンしていこう☆今夜、会いたい……ライブの幕が開ける……

―Hide And Seek☆爆音に囲まれて、拍手の歓声☆君はアイドル♡不安定な鼓動が叩きつける
……
君に会いたい☆あの海で……言葉なんて、少なくていい君のそばにいるだけで……―

恋♡はじめてみませんか？　きっと色々あるけど、あなたに触れたい……瞳逸らしたとしても……
白い砂浜に、LOVEメッセージ書いたり、ねぇ？　こんな風に、スタートしたい……

ステージでshout☆
あなたの愛し方は、Fantastic♬どんなことも聞かせて？　星空の揺れる海風に吹かれて
〜キスは分からないけど、君が求めてくれるなら、そっと触れてみたい……夢の続き……〜

約束してないし、メールの返信も届いていないし、もう今日は寝ようかな？　でも眠れないな……
あなたの歌がフラッシュバック♬何もかも幻想（ゆめ）だったのかな？……

夜の海は幻想的……
いっそこのまま……海のブルーに包まれて、あのLoveSongみたい……君は、いつも淋しかった
のかな？……
〜波音が心地好いリズムに口ずさんだメロディー☆君まで届いて欲しい……〜

どこからかやさしいハーモニー♡聴き覚えのあるVoice……夢かな？　瞳を閉じて……
いい香り☆目隠しされて……もう夢でもいいと思った　私の名前を呼んで……

恋って、こうやって始まるものなんだ、なんて♬ふわっとした、くすぐったい感触
“メッセージありがとう☆”なんて、Uhそうか此処は天国だ、私死んじゃったんだ☆

やさしく、その手が触れて……見つめられないよ……瞳の奥まで見つめてしまいたいのに……
夢から覚める前に、ずっと夢見ていたこと……抱きしめてしまいたい……

君の手に引かれて、砂浜ではしゃいで、波打ち際で、裸足になって……
君は笑っているの？　それとも泣いているの？　瞳に光る雫、気になって……

幻でもいいからって、やさしく抱きしめて、LOVE♡KISS……時間を止めて……
もう全てがファンタジア☆さっきまでステージで輝いていた君が、愛を見つめている……

ねぇ？　これから夢の続きが、君と過ごせるの？“Will you marry me?”
此の手をずっと離さないよ　東京に戻ったら、連絡していい？　毎日でも、メールしたい☆

今夜は、おやすみ♡
“もう少し一緒に居たい☆”あなたの手に触れて、寄り添って、あの曲みたい……
〜これからは、もっと頼って？　何かあったら、いつでも連絡して？〜

タイムトリップ♡ベッドルームまでお姫様だっこ♡君と抱き合って、ハネムーンDreamin’
銀河作りのMission☆なんて気にしないまま、只、ただ、求め合うEverynight☆

あなたと私は、もう離れられない♡ひとつになれるまで、心通うまで、熱く、♡
君と続く未来……続きは、タイムトラベリング♬ライブの幕が開く……

今夜は、眠れなくても……
君と抱き合って、ハネムーンDreamin’♡Wedding Bellを鳴らしたい♬誓いのキスを、夜が明け
るまで♡

✿新作アイス♡初夏の街を歩きながら……
自由な君が素敵で、恋しいから……

♬パステルローズ・メルヘンIce☆どんなFlavor?
幻のようなストロボに映すわがままな君は、まるでお姫様♡ガラスの靴で街をDancingするように、自由に泳いでいく……
〜君の瞳に映るのならば、世界は、So Fantasy♡夏服が風に揺れる……君の口ずさむメロディーに包み込まれていたい〜

あんなに、切ない過去のメモリアス……君は女神みたいに笑いかける……僕を、どうしたいの?
君の心だけは、今も分からない
自由気ままな休日のスクリーン☆君に惑わされて、思わず笑ってしまう……君は、K・I・T魔法使い!?!

一僕のHeart Beatリミット限界なんだ!!! 君の甘い欲望も、そのグロスに濡れた口唇に、今すぐ教えてあげるよ
もう駄目なんだ……アンドロイドみたいに完璧な君に、僕は、コントロールされている……一

〜君の全てが、僕を狂わす……狂気的な、愛が生まれてしまう……覚悟しておいて? 僕は、君の騎士（ナイト）にプログラミングされている
初夏の街並みに自由なひととき……君から見える物語を、五線譜に描いて欲しい……〜

"何か欲しい物はない?" "LOVE"
未来（いま）という時間が、たとえ物語の世界であったとしても、こうして、感じている、今は、現実だから……
〜背中から抱きしめて、君を独り占めしたい☆パラレルフューチャー、君を、捕まえに行くから!!!〜

♬未来ファンタジーSecretソーダ☆乾杯……このまま未来に辿り着いて、夢が叶う期待はしてないけど……
もしかしたら、あなただけ、待っていてくれたら……いつも笑顔でいる君の切ないTears……

理想とは、少し違くても……
愛だけあれば、僕達は、歩き出せるのかな? 君の瞳を見つめながら、タイムトラベルしている
〜もしも、あなたのその手で、抱きしめてくれたら……僕は、消えたりしないと、約束したい……

青空に、笑顔のポートレート☆君は、いつも切ない気持ちで、今を生きているの?
愛を忘れて、愛を歌う……So決めた僕のLove Storyは、未来を叶えられる?

飲みかけのグラスにオープンテラスの太陽（ヒカリ）がキラキラ☆現実感のトリックとミステリアス……
君だけ守れれば、僕は消えてもいいんだ……メニューを眺めて、新作アイス、オーダーして……

慣れていないデートも、僕には、宝物の時間♡物語から未来現実には、どうしたら行けるのか？
カフェで空想広げながら、秘密のテレパシー☆君のセンチメント♡感じている……

僕の未来計画を、計算より、感覚で……
このGameをクリアー出来るのは、僕だけだから……テクニカルなプログラミング神に、不可能ではない♡
〜銀河さえ、味方している‼　史上最強の、Real Fantasy☆"新作アイス、一緒に食べない？"君の甘いささやき〜

これからも、一緒に歩いていこうよ？　頭で考えるより、行動だから‼!　君の手をつないで、離さないから♬
本日の晴天を、神様に感謝♡でしょ⁉!　So僕達、本当は無敵なんだよ♡

あなたには、秘密にしていることも、全てが素晴らしいんだ‼!　ホントはね☆
喜びも、悲しみも、人生のスパイス☆大事にしていこう‼!　初夏の風を、感じていたい……

あなたの、欲しい物を、探しに行こう♡現実ばかり、見つめないで？　その先にある、真実に気付いて欲しい……
君の心に魔法をかけるのも、僕だけ☆僕の人生全て賭けても、叶えたい夢がある……

僕と、君のリアル・ラブ♡
あなたのハートにCan't Stop Lovin'♡もう止められないの……ときめかせたい♡
〜夢でも、現実でも依々☆世界中のニュースなんて、気にしないで、生放送のドラマ出演中……〜

僕達の現実感は、銀河トラベリング☆新作アイスの味は、君の音色♡So夢みたい……
まるで神話を超えた、銀河中、全てを巻き込んで、僕達は物語の主人公……

僕が永遠を叶えてあげるよ？　次世代天国、一緒に、作っていこう♡
誰よりも、甘く、切なく、口づけて？　体で教えて欲しい……君の愛し方……

永遠じゃなくていい……刹那の時間だけでも……いつまでも忘れないように……
君だけを愛して……君だけを傷付けて……誰よりも、切ない貴方を……

☆Cosmic Ice Stardust☆魔法みたいな新作アイス☆これからも、一緒に探しに行こう……
アオバル♡いつまでも……依々んじゃない？　時間を止めてあげるよ♬宇宙の彼方へ……

夢じゃないよ？　現実感K・I・Tもっと切なくて、HAPPYで、ドキドキLet's Real Future☆
惑いながら、自由な君が素敵で、恋しいから……君のSECRETを、僕だけに……

君だけ、未来世界で笑ってくれたら……
今すぐパラレルフューチャー☆君を、捕まえに行く‼!　僕を、甘く見ないで？……
〜今も、やさしく、切ない音楽を、歌っている、初夏の街を歩きながら……君と未来現実へ……〜

🎀魔法じかけのタイムトラベル🎀
〜夢の世界でメランコリック・シンフォニー♡〜

ハロウィンNight☆BlueMoonに包まれて
妄想おしゃれデート♬夢でも依々と思っていたのにBirthday Line Live♡あなたと結ばれる夢を見てしまった

☆見つめ合った瞳は、仮想LOVE♡捕われてしまった……異世界にタイムトラベリングしていく……現実に戻りたいのに
HEART奪われて、夢中で、愛し合ったね？　忘れてしまいたいのに……その手を重ねて、愛に溺れていく……

電波がBAD☆それも、異世界にトラップする入り口……あなたの瞳を見つめてしまいたのに……
幸せばかり求めていたけど、忘れていたときめき♡何度歌っても、愛し足りない……

元の世界に戻りたいけど、軽いジェラシー☆浮気しても、されても、愛し続けたい……
永遠(とわ)の愛より、青春恋LOVE♡甘く、酔わせて欲しい☆このまま指先絡め合わせて……

このまま、終われない……
Blue Moon♡幸運が訪れるの♬何度キスしても、時間感覚がおかしい……今は、未来？……

あなたを不思議な国に招待☆触れられない今も……ときめいていたい♡夢見る感覚は……
腕を絡ませ合いながら、ロマンティックでしょ？　あなたしか愛せない体になっちゃったみたい

異世界に迷い込んだまま、このままいこう……あなたと未来現実まで、次世代恋人デート♡
百合マンガばかり読んでる☆なんか主人公はあなたと私みたいなシンクロニシティー♬

夢みたいなキスをあげるね？　ほら、ドラマのヒロインにもなれる♡誰にも、内緒だよ☆
甘い罠に堕ちていこうよ♡もう夢じゃない現実(みらい)に辿り着ける……このまま、離れないで？……

やさしいトコロもLikeだけど、後ろから突然ハグして、kissしてくれるRockな君がFallin Loving♡
もう夢か、現実か分からない位、幻想イリュージョン・ラブデート重ねてきたから、エンドレス・エクスタシー

時空が歪んでも、此の手を掴んでいて？　Soきっとパラレルフューチャーまで行ける♬

あなたを失ってしまいそうな、不安な夜には、未来(あした)を信じてる……
夢か現実か分からない此の世界は、BGMに誘われて、きっと素敵な、いいことが待ってる♡

どうしてなのかな？　あなたから離れられない……それなら、いっそのこと、このまま、メロウを壊して……

あなたに会いに行く☆怖いけど、不安でしょうがないけど、Touch on you　触れたい……

いつの間にか、夢見てた未来が、リアルに彩られて、涙腺崩壊しそうな程、ドラマティック・ワールド
イメージとズレたImpressionだとしても、受け止めてくれるなら、LOVEをあげる♡

大好きな人達と、泣いて、笑って、夢を見たい……リアルを手に入れたい!!!
君は、やさしく、笑って……

愛しくて、胸が痛い……Todayこの頃、未来がリアルに感じられるインフォメーション♡
世界中に魔法がかかっちゃったみたい……もしかして、異世界から抜け出せるかも……

Soずっとあなたを探してた……
どんな時でも、あなたは歌って、未来を信じていてくれたね？　何もかも、分からなくなっても
……

これからも、笑顔でいられることばかりじゃないかもしれない……それでもね、
あなたとなら、支え合って、愛し合って、幸せなことばかりかもしれない……

あなたの歌声はね、幸せにしてくれるような、愛とやさしさがエッセンスに、癒される魔法みたい
だよ☆
いつまでも、ときめき合いながら、歩いていけそうだよ☆これからは、素敵な夢の世界で♡

いつか、幸せなキスをあなたと交わせる日まで、退屈になんてさせない☆危ない位、I LIKE☆
LIKE IT
ほら、青空に、虹が架かるよ☆不安な時には、ささやくように、恋を歌いながら……

今夜の夢は、素敵すぎて……
魅力的な愛に、生まれ変わっていく♡あなたの瞳見つめれば、呪文が、解けていく……

今夜も、あなたと秘密のWonderlandで、求め合ってしまうでしょ？
月明かりさえも、二人のシルエットを、ストロボに映して、フィルムは回っていく……

二人の愛のメモリー♡銀河中にバラまいて、スキャンダラスな映画公開中☆
夢は夢のまま終わらないから、ずっと抱きしめてね？　主題歌はあなたのNew Song♡
〜どんな未来だとしても、あなたといる世界が依々♡甘い予感、夢から覚めたとしても……

～💎 JEWELRY X'MAS TIME
☆愛に夢中になって？　ミステリアス・セクシー♡～

あなたの甘い声☆ほっとけない感じ♡未来（ゆめ）みたいな君の部屋で、
クリスマスイヴの夜に、Tik Tok Live✂
～眠そうな君が、時々フリーズ♡もっと声が聴きたくて、耳を澄まして……～

ダンシングサンタさんが踊って、歌って……寂しそうだよ……そばに居たかった……
君の涙が零れた気がして……でも、君といられるだけで、楽しいよ♡
―ギャップがドキドキする……Uhもうこのままベッドで抱き合って、愛し合いたい……―

"クリスマスプレゼント何が欲しい？""You ～♪"感じすぎて、声が出ちゃった……
Ah愛しすぎだよ☆やさしいセックスアピールにキュン死にしそう……

♡来年のクリスマスは、君と二人で色っぽい眼差しで、私達、惹かれ合って、深く、深く、堕ちて
いきたい
～あなたの淋しそうな、シングルベル、ねぇ？　二人でジングルベル鳴らそう？　愛してるよ？
……～

―もっと、夢の中より、浅い眠りの現実と幻想揺れる時間の中で、未来現実……
どんなデートプランが依々？　あなたの名前を呼んで、キスして？……―

Uhもう、待てない……But嫌われてる気がして、私なんて、いなくなった方がいいのかな？　っ
て……
悲しすぎるよ……あなたの瞳で、言葉で……信じさせて？　不安で胸が締めつけられる

君との恋は切なくて……でも何故か、あったかくて、壊れそうで、儚いイントロラヴィン・ユー♡
～あなたと未来時空駆け抜けてく……Happy Ending Story叶うかな……～

Snow Flakeクリスマスの夜に、あなたを探してる……　その温もりを、感じたい……
あなたが望むなら、ずっとそばにいるよ？　Sweet Home一緒に、帰ろう……

いつの間にか、輝き始めた、私達の未来は、あなたがいるだけで……
ねぇ？　LOVE♡KISS HOTELで、一緒に、暮らそう？……

儚い君の手を、離さないから……
君のプライベート知る度、好きになる……恋しすぎて、笑っちゃう♡可愛すぎるよ……
～ Come Again・Prism🎵BGM流れ始めれば、パーティーNight踊りたいクリスマス☆～

いつかディナーショー☆とか、叶うといいね♡応援してる、君の夢は、まだまだこれからだよ✂
冷静と情熱の間、夢を叶えていく✂そして君との恋がFire♡求め続けてる……
―Loveキュン激ヤバ気持ちいいの……君と一緒に眠ったら、ベッドの中で、ダンシングサンタに

なって♡

二人でいるのにmissyou、このまま一緒に、needyou Good-Byeしちゃいそうな時にも……
これからは、毎年君と一☆Merry X'mas☆一とりあえず初デートは？　とか、君とテレパシーより、メールしたい☆

♡Honeyになったり、☆Darlingになったり、忙しいけど、大切な君を、守りたいから……
それでも守ってくれる感じ♡支え合う夢の行方も……今夜は、二人の未来に乾杯♡

素敵な夢が見られますように……
いつだって、愛が宝物♡あなたと私がL.O.V.E.ライブで歌って、踊って、弾けちゃって♬
〜今夜も、秘密の場所で、君とMake Loving♡一緒だと、銀河よりヤバイね、私達♡〜

〜✄VERY MERRY迷宮X'MASNIGHT✄コンティニューは不可能でも、何度でも、リプレイ♡
いつかの夢は、今夜叶えてしまおう☆あなたのSweet Loveだけで、何もかも叶えてしまう……
〜銀河中に魔法をかけて、闇も光も、Powerの源、素晴らしいことだらけだよ!!!〜

あなたとなら、何だって、特別だよ☆一緒に過ごせるだけで、笑顔になれる☆
困ったことに、惚れちゃった♡どんな時も、支え合って、愛し合って、生きていこう♬
明日も、君に会えるのかな？　あなたの甘い声☆ほっとけない感じ♡I LIKE☆大好きだよ

来年は、もっと輝いたらいいね♬
これからも、音楽作りのように、LoveSongを歌うように、愛し合って、未来を叶えていけますように……
〜いつも、あなたのActionで、未来に近付いていく☆魔法使いみたいだね？♡〜

Soそれは、K・I・T魔法☆Up・Down色々あるけど、愛に向かっていく感じ☆終わらない
君の夢を輝かせるように、私も、魔法をかけるよ✄大切なものを、守っていけますように……

〜今年のクリスマスプレゼントは、これからも、ずっと一緒に居ようね♡

今夜は、二人の未来に乾杯♡素敵な夢が見られますように……

♡I LOVE YOU ♡胸キュン吐息
恋キス♡お姫様ベッド in 夢の中みたい……

夜景Jewelry煌めくタワマンでエキサイト☆
懐かしくて、やさしい現実浮遊感覚☆夢のようなまばゆいベッドルーム♡あなたと堕ちていく……乾杯♬
〜此の気持ちが、恋でも愛でも、あなたが依々の……ジャグジーでシャンパン開けて、Tokyoミッドナイトラビリンス……

あなたの笑った瞳が素敵♡銀河系ドライビング✳今宵の未来の行き先は、君の腕の中に包まれたい
激しくてRockなあなたの愛し方がLIKEIT☆もっと、イカせて……Uhダメ……角度を変えて、もう一回

一もうこのまま、バラ色の吐息で体中に塗ったローションが、気持ちイイ☆あなたの胸にキスをして、セックスアピール
今夜は、DanceダンシングDanceダンシングあなたに、夢中になっていく……プロポーズは、止めて……

秘密の恋人のまま、このままでいたいの……彼女には、云えない……彼の何もかもが、恋しくて、Lovingyou
未来照明のメロウな色合いで、エキサイティング☆Sexy Dress破れちゃいそうなMake Lovin'

あなたは、最高に、カッコイイの!!!
見惚れちゃうすごい指先に包まれて、恋キス♡体中、胸キュン吐息……あなたのキスで、もう一度
〜銀河は、ゴージャスな、愛みたい♬ため息さえ、サングラス外した彼に、Lock on☆〜

カッコ好くて、可愛い彼の笑顔の裏やさしいハート♡ずっと待っていてくれたの？
ブラックホールみたいに、スリリング☆このまま異次元未来にワーピング☆ずっと待ってた……

一あなたの背中に抱きついて、いつも触れ合いたい!!! ツンデレBoyfriend☆キスしよ？☆
君のギターも、聴かせて？　ベース合わせても、依々?? 二人で真夜中の銀河LIVE♬一

即興で歌いながら、カッティングに、スラップ♡こうして求め合っていたい……満たされていくファンタジー
あなたが、煙草に火を点けて、グラスに揺れてる欲望の、BLACK HERO☆

あなたの隠していた願望が
暴れ出していく　もう止められないのね？　甘く見ないで？　私も、もう限界よ……
〜あなたと愛になっていく……今度ライブで歌って？　胸キュンしちゃうプレイリストで……〜

もっと、求めちゃう……ずっと君が欲しかった……その指先さえセクシー薬指の指輪も、外しちゃう……

もっと、夢中にさせて？　ドラッグやっちゃう？　なんて☆恋のドーピング、触れ合うだけで……
素敵なLoveSongも生まれちゃう♡イノセント・ラブなんて、二人だけの秘密を、プロポーズも、
待ってる……
触りたくなっちゃうの……バスタブの中でkiss♡危ない関係のままでいてよ☆

ートライアングルな気持ちを、角度を変えて、多元的未来感覚☆形を、変えていく来世も恋に堕ち
る、タイプだから
氷のように冷たい女と、囁かれても、彼しか見えないの……世界中で二人きりになっても……

あなたとなら、いつもロマンティックでいられる
腕枕の中で幸福感♡悲しい夢を見ても、目が覚めたら、あなたの可愛い寝顔♡

あなたの歌を聴くといつも涙が出ちゃう……
切ない二人の恋物語♡今だって……ずっとそばにいて？　叶わない愛でも依々から……
～あなたからのプレゼントなら、何でも嬉しいの☆私の、くまさんになって？♡～

フラッシュバックしていく記憶　時間を超えて、あの夏の日の続きを……
二人の切ない気持ちを、ミラー越しに感じる始まりの予感を、後ろから抱きしめるあなたと、キス
をして
もっとカッコつけて？　キザな位が丁度依々☆だってあなたは、Special Guy☆銀河中の誰より
素敵♡
ざらついたヒゲで、もっと感じさせて？　ドキッとしちゃう位、気持ちいいの……私があなたの願
望を……

Ｔシャツなんて脱ぎ捨てて、夢中になって……
あなたのスウィングしていくベッドに包まれた未来のWonderland☆危ない位、愛してる……
～幻想に閉じ込められていくReal VR息が出来ないの、本当は……銀河の不思議な法則☆～

もっと、君と壊れた秘密が欲しいの……女神をこんなに夢中にさせて、どうするつもり？
あなたの罪は、異次元未来を誕生させてしまう……未来現実、どうなっちゃうの？？？

抱きしめる彼の温度も……
傷付けてしまいそう……あなたのLove Songの切ない秘密が分かった気がした……
～自分でも、気付かない位、もう私は、深く傷付いて、銀河より切なかった～

誰よりも切ない彼を抱きしめて、未来が分からなくなる……今夜だけは、夢を見たい……
本気になりそうだけど、離れていかないで……本当の愛だけ、分からなくて……

あなたの瞳を見つめて "愛さなくていい、ずっと好きだったよ……"
"このままでいて？"

あなたの瞳の奥まで見つめてしまいたい……確かなことは、何も分からないけど……
愛ばかり求めてしまう……

壊れやすいガラスの心で
真夜中のランジェリーパーティー♡

隠せないプライベートタイムさえも、恋のレッスン♡あなたと、レベルアップしていきたい……
ソファにうずくまって、Secret Theater幻想（ゆめ）のWonderlandへ誘（いざな）う……未来（いま）はリアルかなんて、
どうでもいい

〜重ねた瞬間（とき）は、So Destiny……あなたはMirror Ball軽くダンスを踊って、部屋はDISCO♡
グラスの泡が弾けた現実は、忘れたフリをして、あなたの瞳に、Can't Stop Loving☆〜

甘い台詞も、Winkも、要らない♡愛に、So夢中になって、物語の続きを……ねぇ？　君と……
乱れたBlack Dressも、君の革ジャンに包まれて、素敵ね？　Darling♡

それでも、あなたを抱きしめて、変わりゆく季節を、君と歩いていけるから……
君が誰を好きだったかなんて、今は、関係ないよ……どんな恋をしていても……

切ないジェラシー♡それも、恋してる証、痛くても、FIRE♡夢中にさせたい……
甘いミッドナイトランデヴー☆LOVE♡KISSだけは、待てない……焦らしたりしないで……

Imagination Controll♬もっと、欲しい♡今、ウインクして、合図して？　始まりそうな、予感
☆
あなたばかり、求めちゃうの……ねぇ、どうしたらいいの？　My Loveあなたに、捧げたいのに
……

ねぇ？　そろそろ始めようよ？　あなたからのAction、Catchしてみせるから!!!
スクリーン越しの、この恋も、そんなに、見せつけないで?!　触れてみたくなる……

〜あなたの切ない気持ちも、分かってる……But、ここまで来れたね？　私達……
もうすぐ約束の場所に辿り着けるよ？　今は、準備で、トランクに荷物つめて……〜

あなたとは、どんな時も、一緒だった気がする……消えちゃいそうな、予感さえ……
自由に生きていて欲しいけど、君のプライベートが、気になって、しょうがない……

今のままでいられない……グラスに浮かんだ未来（あした）の行方……グッと飲み干してしまいたい……
これから青春がスタートする気がする……君の手を離さないで……

甘く見ないで？　Endless Extacy♡あなたとだから感じ合えるから……キスは電光石火♡
あなただけ見つめて、解放させたいの!!　Secretセクシャル☆リアルで……

ベッドに移って、Secret Theaterあなたも、求めてたまらないんでしょ？
私だけ見つめてよ？　今すぐ会いに行く……

あなたがいないと、私の全てが止まる……あなただけ、見つめている……
物語は、リアルノンフィクション♡パラレルフューチャー鼓動は、未来へ……

〜あなたがいてくれたから、世界は、透明に、美しかった☆綺麗な虹が架かって……
私を抱きしめるあなたの愛が、いつもあたたかくて、やさしくて……〜

カウントダウンフィナーレ♬Let's Goal始まってる☆音楽は、タイムトラベルしていく……
ドラマティックに、ワンダーな瞬間も、時間さえ、止まったみたい……

あなたも、私も、知らない未来の二人が……
物語の世界で、待っているから☆リンクして、シンクロしていく……夢のように、始まってしまう
……

君に、何でもしてあげるよ？　気持ちいいコトも、物語さえ、現実にしていく☆
愛してるよ？　もう駄目なんだよ……いつでも今の君が、No.1好きだから……

もっと、ギュッとして欲しいのLove it♡君の、うさぎになりたい……
もうどうしたらいいのか分からないよ……このまま未来へ、タイムワープしていこうよ♬

二人の恋は、アニメやドラマ、映画とシンクロして、銀河さえ守るパワーで……
地球も、銀河パトロールに、守られてる……不思議な秘密ミッション☆

アンドロメダ銀河も天の川銀河も、いつか合体して、新しい銀河が作られる……
ジェットコースターより、スリリングな未来は、君といられたら……

パーフェクトコンプリート♡全てが叶うんだ……何度生まれ変わっても、いつかのガンダムの記憶
も
宇宙も進化してきた♬1次元、2次元、3次元……5次元、今のままで、OK♬

君とロマンティックに、乾杯したい☆
甘い瞳見つめ合いながら、今夜はあなたのBlack Dress脱がしに行くから……

―❀星屑シャンデリア☆グラスにR&B浮かべて……
kissより切ないプロポーズ―

豪華客船パーティーはエンドレス・エクスタシーあなたと夢を見て
自由になるフライング・ラブ☆景色はダイヤモンド・クルージング……あなたを探してる……時が
止まっても……
～Secret Mail届いたかな？　今夜、逢おう♬ドレスアップキメて、グラスにR&B浮かべて……
タイムトラベル～

コスモ・パニック君とDreamin' Date♡kissより切ないプロポーズ……消えてしまおうか、迷っ
ているけど……
―❀銀河系メロディアス・アレンジメント♡～幻想☆現実～何もかも夢だから……二人♡ラブ・ト
ラップ♡

煌びやかなシャンデリア☆Hide-And-Seek☆あなたに見つからないように、胸のサイレンは、
愛を探してる
君のアプローチは気にしない素振りで、絡み合っていく二人の未来が……切ない恋の行方……どこ
へ行くの？……

―ラストシーンは「Good-Bye☆」「そんな簡単に終われない」あなたの幸福を願うから……
涙には気付かないように、さよならしたくなる性分……何もかも壊して欲しい……―

わがままは、云えない……
神様に、いつも祈ってた……そういえば、あの日私の神様に会いに行こうとしていたっけ……
～病んだ心に、いつも温もりが恋しくて、うさぎのKIRAちゃんだけ、君みたいに大切にしてた
……～

いつかは夢が叶う……So信じてた……いつからネガティブ思考、冷静に願ってるわけじゃない
……
私を救えるのは……ホントは、愛だけだから……でも、今は、愛さえ、分からない……

S・O・Sあなたには、頼れない……笑って、忘れてよ……君の瞳さえも、見つめられない……
カケヒキしてるわけでもない……あなたの気持ちが、分からないんだよ……

☆星空テラス☆乾杯して、横顔のあなたが笑って、素敵だった……LoveSong歌う君のフレーズ
が
夢みたいで、恋をしてる……なんて、約束した未来さえも……

そばに居て欲しかったけど、この世界に、居場所なんて、無いから……自由になれないのなら……
私の人生、バカだったな……もう誰のせいにもしたくないから……

永遠に、消えてしまうかもしれない……もう、頑張れない……涙さえ零れないよ……

迷子になっちゃった……これから物語の世界にワープしていくから……

ずっと幸せだった感覚も……
勇気を出せば叶うかもしれなかった未来も、全てを手放して、ほら、忘れてよ……
〜カウンセリングが必要だった……いつも一人で強がっては、一人で泣いてた……〜

豪華客船パーティーは、夢見心地フィナーレ……あなたのLINEにメッセージ残して……
真夜中のガラス越しに、星を探してた……あなたの声が聴きたくて……

音楽が私のカウンセラー☆エンドレスで流れてくる……銀河旅行しているみたいな気分で……
ドアを開けたら、初めて見つめ合う瞳……不思議な世界に迷い込んで……

話したいコトは沢山あるけど、言葉よりHug……いつの間にか、kissしてた……
☆星空テラス☆グラス傾けて、あなたの瞳、見つめてしまいたくて……

〜タイムワープしていく……憧れ叶えて、欲張りになっていく……本能が、「離れたくない」〜

あなたが私の神様だったね
幻想みたいな未来さえも、あなたは願い事、いつも叶えてくれたね……
〜たったひとつ、叶うなら……病んだ心、癒されるまで、そばにいて……〜

あなたは微笑って、抱きしめてくれる……ずっと、このまま夢見心地でいたい……
プロポーズリング、受け取ってくれますか？　あなたがいないと、生きていけない……

返事は、その時まで、待っているから……今夜は二人きりのパーティーしようよ☆
ただ、手に触れて、ハグして、きっとそんなことが大切だった……

もしも、未来に希望を持って、これから、生きていけるなら……
あなたと、今度会う時には、もっと素直な瞳で、あなたを抱きしめたい……

未来を変える為に……
何度もタイムトラベル繰り返して……銀河パトロールにまで、守られた……
〜☆Hide+And-Seek☆あなただけに見つけて欲しくて、最高な未来を……〜

─※銀河系メロディアス・アレンジメント♡〜幻想☆現実〜何もかも夢だから……一緒に、夢を見て？
このまま物語の世界にワープしていくよ……エンディングは、存在しない……
〜傷付きやすい私の心を、あなたの温もりで、未来を、一緒に叶えていきたい〜

～♡不思議な未来の扉を開いて……
夢の世界ログインパスワード❀～

パープルピンクダイヤのメロウ……愛みたい……
笑ってみせたあなたの瞳に未来を探して……今夜も、ベッドの中で、もっと深く、感じて？……愛してる……
―二人の恋はWonderland始まりも終わりも存在しないような、永遠の中で……出逢ってしまった……―

揺れる胸に、やさしく触れて？　悲しくなんかないよ☆大丈夫、幸せになれる♡その為に、生まれてきた……
世界はパンデミック……壊れそうなの……本当は、あなたを諦めそう……此の気持ち、離さないで……

ガンダムみたいに、あなたを守りたい……未来は、うつつ、過去は、ロマンティック、現実だけは……
涙なんて零さないでよ？　時を超えよう♬そよ風が吹いてくるよ☆神様は、笑ってる♡

～未来カフェで❀メリーゴーラウンド・カクテル☀乾杯しようよ♡ずっとあなたのそばで笑顔でいるよ☆
あなたが大切だから、無敵なパワーが湧いてくる‼　迷宮パーティー♡どうせなら、楽しんじゃおう♬～

―♡メルヘン・テーマパーク♡あなたの夢は？　全部叶えてしまおうよ☆遠く、離れていかないで……
不思議な気分を味わって、次世代天国までGo‼　愛を抱きしめていてよ………―

いつかこの想いが、世界中に広がって
Future Earth守っていくよ♡あなたも私も、この星の救生主☆願いを、奏でてしまおう♬
―未来は、愛で溢れてる☆あなたに出逢えたコトだけで、何もかも素晴らしい風が吹いてる……

どんなことが、あっても、その手は離さない☆夢や幻だけじゃない、リアルは時に……
二人を引き離そうとするけど、何もかも諦めそうになるけど……此処にいる

星に願いをかけて……いつでも、大切なことは、愛さえあれば、生きていける☆
あなたがいるから……One Life意味がある♡どんな未来さえも、叶えてみせるさ……

～儚く消えてしまいそうな気持ちになっても、飛び出していく☆その扉を開いて……
全ては、アクション♬止まっていられない‼　冷静と情熱の狭間で……～

☆Hide-And-Seek☆繰り返して、生きてきた……本当は、あなただけに、見つけて欲しい……
私達の愛を、宇宙に浮かぶ風のように、切なくても……あなただけを、愛しているんだ……

魔法少女の秘密に気付ける？　なんてね♡誰にも解明不可能な不思議な愛のパワー魅かれてしまう……
謎解きはしない☆宇宙の存在と同化している……切なすぎる程、素敵な愛のラディアンス♡……

超AIも敵わない……世界は平和に……銀河はミラクルロマンに……現実を超えていく……
SFなんかじゃない、リアル・ノンフィクション☆全てが意味を持つ時代に……

あなたの瞳に映る未来が……いつか、叶ったら……奏で合ったラブストーリー現実になるのかな？
あなたの笑顔に微笑んで、あまたの星の想い出を輝かせて、手をつないで、歩いていけたら……

一月のプリズム♡Full Moon♡願いをかけたら、叶う魔力☆そっと祈りを、捧げるよ……
もう理屈じゃ生きていけないの……あなたを抱きしめて、温もりだけが、恋しい……—

私はきっと、あなたと幸せになるため、生まれてきた……失敗もして、But、めぐり逢えた……
銀河迷宮ストーリーもう少しで抜け出せる……リアルな君に、会いたい……

〜♡不思議カクテル♡乾杯して、パーティーを続けよう✂Romance Love.Hな気分になっても……
愛し合ってしまえばいいよ……もう、あなたしか、いらない……Forever……〜

甘い気持ちも、星が生まれるラビリンス……ときめきは、メビウス……二人の名前は、L.O.V.E.♡
もう理性は、要らないよ……本能に従って、Automaticに今夜ベッドの中で……

難しいコトは考えなくていいの
Open Your Heart♡あなただけだよ……私を救えるのは……
—怖がらないで？　嫌なら、Bye-Bye一生会わなくても、生きていける……—

後悔を重ねて生きてきた……私は、失うものは、何もない……愛さえも……
壊れたように笑って、只忘れてきた……But思い出した真夜中には……

全てが終わりを告げて、生きている意味なんて……いくら探しても、答えは見つからない……
あなたの笑顔が切なくて、消えそうで、儚い温もりなんて……

あなただけを抱きしめて……
ずっと一緒に、居られたらいいね……

—🎀魔法少女LOVE♡KISS銀河財宝♬—
〜☆Hide-And-Seek☆〜

イルミネーション・メランコリック☆モノクロ未来都市に銀河系色えんぴつで超世紀に魔法をかけて、ミラクルHAPPYインフレーション♡
〜君はK・I・T切ないメロディティック歌うように、祈ってる……流れ星系願い事☆未来星座ミュージック☆ブラックゼウス感覚で、Loving♡

色っぽくキメて、君を狙い撃ち☆退屈になんてさせない♡もっと夢中になって☆何もかもがMIRACLEWONDER🎀KIRAちゃんにKISS☆
ねぇ？　私達の魔法で、素晴らしい風が吹いているの♬気付いてる？　季節は春めいて、もうすぐホワイトデー♡君に返事しなくちゃ……

L.O.V.E.恋しくて……バラ色の夢が咲いては、Real Change☆I LOVE YOU♡Uh銀河中に叫んでしまいたい♬
音楽やドラマだけで、この世界は色付いていく……僕達が力を合わせたら……So未来さえ、変えていける……

☆銀河パトロール☆未来光年ブラックホールさえ壊して、メルヘンサイエンス推奨🎀全てを守りたいだけ……
謎めいた魅惑的な私の瞳を見つめてよ……不思議Wonderlandに連れていってあげる……

危ない恋をしてる♡ヤバイ愛にときめきTwinkle☆
☆夢みたいな未来☆今だって……角度を変えて……千年後の世界で、私達めぐり逢えたね……
〜運命が変わって、パラレルフューチャー待ち侘びて……神様覚醒♡私を見つけて？　ミステリアス・セクシー抑えられない♡

超世紀R&B☆言霊を乗せて、MIRACLEDREAMING☆素敵なImpressionインスピレーション感覚は、現実に……
あなたへの愛をクリエイトして、奏でる……それだけが、存在証明☆いつかは、消えてしまう……

全てを守ってみせるよ……その為に、K・I・T私達は、めぐり逢って、恋に堕ちて、闇より深い愛を見つけたよ
もう愛しちゃいたい☆あなたは不敵な笑みで、いつも私を惑わせる、Secret Heart全ては、愛だから♡

何もかもが意味を持つ此の時代に、かくれんぼ、いつまでも続けていたくはない……
言葉より大切なコトが現実になる瞬間に、生まれてきた本当の幸福に包まれる……

〜平安時代に時は巻き戻る……あなたを想う度に、叶えたかった物語の続きを……〜

千年の夢は、時空転生☆君しかいらない……

物語はこれからも続いていく……たとえ、生まれ変わっても……時間軸がタイムマシーンレベルにChange♡
〜永遠が叶ってしまう……銀河宝石で作ったダイヤモンドリングがあなたの指に光って……〜

❀未来銀河カフェ❀であなたと次世代デート♡重ねてきた、時に、リアリティック☆遠く離れていても……
何故かあなたをそばに感じてた……悲しいテレパシーのおかげ♡未来は誰にも分からないけど……

例え何が起こっても、あなたと一緒に居たい‼　And笑っていたい♡LOVE♡KISS銀河系タイムトラベル♡
あなたへの愛だけが、奇跡を起こせる魔法の宝石☆Luv Mu♡カクテル☆未来現実の君と、グラス合わせて……

Privateアトリエで作るLOVE♡KISSジュエリーが
私達は流れ星のように輝いて、願い事を叶える為に☆スペーストラベル☆感覚で、Love And Dream奇跡のように
〜魔法とは、愛のようなものかもしれない……あなたと私の間に、何かがあると信じたい……運命みたいだから……〜

♡PINK DIAスウィーツ♡作ったから、今夜はパーティー気分で、☆雨上がりの星空はベテルギウスも煌めいてる☆
透明な雫が零れおちてしまう……切ない時代はいつまでも終わらないのかもしれない……

あなただけに打ち明けたい……ささやかなハッピーライフ♡あなたとドラマみたいに続いていくかもしれないけど
Love Song And Love Storyドラマティックにリリース♫あなたが幸せなら、それでいい気がしてる♡

自分さえも、大切に出来なくて……本当の自分は、写真の中で、笑ってる……君に愛されるか、悩んでる……
あなたを困らせて、泣かせたくないから、物語と同化して、素顔の私を解放……幸せに、きっとなれるから……
揺れるメロディーみたいに愛を歌って、あなたを愛する……今は、それしか、叶わない……
夢のような未来が、訪れたとしたら……私は、きっと泣いてしまう……あなたに、会いたい……

ずっと待ってる……あなたとなら、どんなことでも、ロマンティックかもしれない☆大切にしてくれるの？
あなたが私の全てだから……何でも、嬉しいよ♡バレンタインに連絡しなくて、ごめんね……

あなたが大切だよ♡だから毎日なんて、会えなくても、いいよ☆本当は、不安で、しょうがないよ
未来世紀にリアルワープ❀あなたへの愛は、My Soul♡全ては、あなたへつながる……
タイムトラベルしながら永遠のカケラで作った指輪を……
〜プロポーズリング受け取ってくれるかな？　私達の愛の季節を、あなたと、歩いていきたい……

III

異世界浮遊感覚
―時間はワープしてる―

☆魔法銀河系タイムマシーン☆Can't Stop Lovin'
〜あなたの甘い声が聴こえる……〜

LOVE 今も探しているの……あの夏の続きを
どんな曇り空も青空に変えてしまう不思議なパラソルの中で、二人で笑って……音楽が……今も、
聴こえる?
〜Uh 一緒に堕ちていこうよ?　タイムスリップさえも、怖くないの……あの日のあなたに……未
来の二人に、会いたい

あなたと出会った Destiny Day 雷の音が聞こえた……So それは、タイムトラベルの序章……悪夢
の中で……
全てが終わっていく気がした……アンドロイドのアニメが画面から流れてた……誰もが、愛を歌う

私は、泣いて、笑って、変わってしまった運命を受け止めされずに、青春ラブソング口ずさんだ、
壊れそう……
一筋の光の中で、銀河列車の淡い幻想……全てが崩れ落ちていく、此の手を伸ばして、蝉の鳴き声

―自由なんて、何処にもない、今だって……哀しみの涙……あの音楽が流れる度、私はタイムトラ
ベルしていた
温もり求めて、やさしい人の笑顔に癒されて、暑い日が続いた……あなたは見守っていてくれた
の?

何度も、同じ夢を見て……
正夢……未来を変える為に、何度も夢から覚める度に、あの日の私は、愛さえも、知らずに……
〜ホントは異次元世界……誰もが気付かずに、幸せを手にしてた……私だけが悲劇のヒロイン

あなたと笑っている Fairy Tale 迷宮入りして、夢を叶えても、つないだ手を、離して……
パラレルワールドが生まれてしまった……もうどんな時空を旅しても、君の声は聴こえなかった

愛の病に蔓われて、希望たっぷりの太陽の下で、未来は暗雲……音楽は、流れ続けた……
それでも恋をして、ドライブデート☆あなたのことは、いつもどこかで探していた……

―止まった時計……デジャヴの嵐……神様に会いに行こうと決めて、あなたの CD 聴いて……
不思議な世界に迷い込んで、またタイムスリップ……輪廻を解いて、神様になった……

永遠の愛で宇宙を
守っていく約束をして、あなたを愛してしまった……青春の足音……秘密さえも……
〜どんなメモリーも、フラッシュバック……ブラックホールを壊して、青い星の運命を……〜

Angel ラビット抱きしめて、夕闇の土手、煌めく夜景に包まれて、涙のサイレンス……
愛が分からないよ……君のことは、今も変わらず、救いの女神、ねぇ?　私を見つけて?……

どんなに怖くても……
シンクロしていくシンパシー♡鼓動を合わせて、君を想っていたい……いつの間にか世界は、
Wonder☆
〜天国みたい……君の切ない眼差しを見つめられずに、瞳を逸らして、ごめんね……〜

☆異次元銀河☆ ＝ 幻想世界を、壊して、パラレルフューチャー今、君の手をつないで……
ほら？　タイムスリップしていこうよ……景色が変わる……街も、世界も、全ては、ミラクルロマ
ンティックに……

刹那の想い出を……未来さえ分からないままで、壊さないように、♬MIRACLE MIRAI♬へ、
Let's Go
夢見たまま、DIVEしてしまおうよ？　あなたが笑う度に、私も、笑う……不思議な魔法……

あなたの涙は……素敵な宝石、ひとつずつ繋いで、Love Song輝かせる☆でも、もう泣かない
で？
あなたを大切にする……たとえ頼りなくても、きっと、あたためるから……

愛を歌うあなたは素敵なのさ
崩れそうに、時空が歪んで、危険サイレン、鳴り響いても、此の手をつないで、信じていて？
〜君の幸せを、見失わないで？　誰かを守れるやさしさで、きっと生まれ変われる〜

いつかは切ないメロディーと、消えてしまうから……LOVE♡KISS激しく、ロマンスに、溶け合
いたい
百合LOVEさえ、あなたとなら危ない位、感じてしまうから、もう止めないで……

雷雨の夜は思い出す……あの日の切ないタイムトラベルを……君へと続いていたんだね？
涙は枯れるまで、泣いたよ……全ての運命を知るまで……

青空の時も、雨が降って
あなたと、歩いていきたいよ？　もしいつかタイムスリップしたら……
〜未来奇跡☆あの夏の続きを、あなたと……リアルな温もりが……〜

いつか、この手に摑める瞬間まで、今君とタイムトラベル……未来を、変えよう？……
不安定な二人の未来を、グラグラ揺れながら、この音楽が……ねぇ？　聴こえる？

LOVE今も探してる……いつまでも見つからなくても、あなただけ見つめているから
あなたの甘い声が聴こえる……幸せだから……

夢から覚めたら……今度は、同じ夢を見よう？　あなたの背中を抱きしめて……
もう離れたくないから……ねぇ？　いつまでも見つめていてくれる？

あの不思議なパラソルの中で
あなたと、笑っていたいの♡未来の青空に、虹を架けようか？　Can't Stop Lovin'♬

♡Lesson Level10 Sexyランジェリー♡
〜LOVE♡KISS危なくなるまで、抱いて？……〜

レモン色のハート♡君を感じてしまった時から
夢だと、泣いたのかな？　Sundayアニメの再放送さえ、二人の異次元ラブストーリー♡君を抱き
しめるよ？　背中で感じて
〜学生時代の青春ラブコメさえ、未来のリアルLoveSong♡歌うように、最悪さえ乗り越えて、
このまま行こう？☆

いつも君を感じてる……絶望と闘っている瞬間さえ、君からのLINEVOOM迷い込んだ迷宮から、
連れ出すように……
LOVE&LIKE♡もっと楽しみたい季節なのに、そっと抱いていてくれる……このまま未来世界へ

全て未来に置いてきた、二人の時間♬Wonderlandに辿り着こうって……あなたの瞳、見つめて
も、いい？♡
全てが幻想ファンタジー♡私もあなたも、存在しないのかもしれない☆違う世界にいるのかも……

あなたの願望も……いつも君だけ、見つめてる
何もかも、愛し合ってしまいたい……全てが終わる瞬間まで……君しか見つめられないの……
〜ねぇ？　約束より、信じさせて？　不安で暴れ出しそうな衝動☆君を、デートに誘ったら……〜

ねぇ？　君はどうするの？？　フライング・ラブ受け取ってくれる？　ロマンティックなシチュ
エーションなんかじゃないかもしれない
♬Very Merry X'mas※リアルに慣れてなくて、エスコートなんか出来なくて、それでも……

K・I・Tあなたとなら、相性がいい♡何もかも、そのうち居心地良くなっていける筈、Hugし
て？☆
あなたとMakeLove♡イメージが、いつもヤバイ♬感じちゃう……もっと触って、気持ち良くさ
せて？

あなたとなら、どんなことも、試してみたい
涙が零れてしまう、そんな夜には、あなたとベッドで眠って、愛し合う幸福を感じたい※

私が見つめている君は、そんなにやさしくなくて、素直じゃなくて、わがままで、そんな君が好き
プレゼントは毎日渡したい♡愛してるの気持ち……　見つめ合えなくても、いいから……

どうして、君なのかな？
分からないけど、本能は、あなたを求めてしまう……いつも、今の君が好き☆もう、何も分からな
い位……
〜自分を諦めそうな時さえ、君はやさしく抱きしめてくれるような温もりをくれる……〜

君を支えられる人になっていきたい☆夢は夢のまま……今はリアルに永遠を生きてる……

久し振りの君のライブも、応援してあげたい!! ささやくように、愛を歌う、君の夢を……

いつも君の愛だけで、立ち上がれる☆頑張っていくから、今日はいい夢が見れるといいね♡
君と甘酸っぱい恋愛がしたい✿想い解き放つように、So危なくなるまで、抱いて?……

未来が分からなくても、Everyday、君を感じていたいから……

未来世界はもうすぐ……
パーティーの準備をして笑いかけてる銀河系サプライズ♡だから、So笑顔でいたいよね♡
〜笑いたいのに、泣いてしまうような現実に、Bye-Byeあなたと、もっと、繋がっていたい!!! 〜

君の歌声は、いつも青空に虹を架ける♬その真相に、もっと近付いて……
愛を探しながら、私は歌っている♡君の未来が叶いますように……

一生、青春かもしれない♡君と過ごす未来世界は、物語より、リアルロマンティックかもしれない
☆

あなたの、感じる幸せを、大切にして欲しい♬それでも、君と私がクロスロードする世界で……
価値感も、何もかも変わっていくかもしれないButそれこそが、K・I・T……

私達が求めてきた未来だと思うから、あなたとなら、やさしく笑っていられそうな気がする……
あなたからのプレゼントなら、どんなものでも、私には、宝物だから……

全て、受け止めて欲しい、とは思わない
只、大切な時間を、一緒に過ごしたい……あなたに、依存したくは、ない……淋しい夜でも……
〜レモン色の青春を、あなたと恋のカケヒキを、感じたいから……切ない時間も、So Jewelry♡
〜

あなたの駄目なトコロが、きっと愛おしいから、完璧ばかり、演じないで☆
コンプレックスとかが恋しいよ♡気付いていなくても、君は、かなりヤバイ♡

EARTHさえ、愛のサプライズ♡誰にも分からなくても、さあ、未来はどうなる??
私達、一人一人が運命を握っている☆神様だけじゃ、このMission、コンプリート出来ない……

次世代文明に、アップデートが必要だ☆誰もが主人公の人生を生きろ!!!
夢を叶えるダイナマイトなエネルギーを、燃やせ☆運命を、超えよう!!

愛が消えそうな時にも……
Say Good-Bye呟いて、諦めようとしても……あなたとは、何度でも恋に堕ちてしまう宿命……
〜怖がらないで? あなたの未来を、きっと守り抜くから……〜

ねぇ? 生まれ変わるよ……誓ってもいい……あなたの為に……
一生、青春かもしれない♡ほら? 未来の音楽が、聴こえてくる……

♡MIRAI ANIME(ミライアニメ)♡グラスに踊るエレメント🎀
～タイムマシーンで君に会いに行く♬～

不完全な夢だけど、どこまでも求めて、魅力的
Uh声が出ちゃうよ☆あなたのHEARTにFallin Love🎀夢で逢えたら……なんて足りない!!　So
タイムマシーンで君に会いに行く♬
～未来アニメ観に行こうよ!!!　次世代天国から来世まで☆Jet!!　すぐだぜ!!　千年ロマンス異世界浮遊感覚♡～

あなただけに、スペシャルを☆謎解きは、パーティーの後で♬So特別なことではない!!　ミラクルばかり起こるけど……
あなたは私に、So Touch♡触れて欲しい……甘いときめきは、待ちきれない☆胸はパンクしそうさ☆

現代アニメの主人公とヒロイン気分になって、いつの間にかシミュレーション・リアルファンタジー🎀
幻のような温もりさえも愛だって、ほら？　感じられるよ!!!　最近流行りの、テクニカル・アニメーション☆

大切なあなたを、愛と解いてみてもいいさ……グラスに踊るエレメント🎀時間が巻き戻って、未来、今さえも……
タイムトラベルしていく……君に触れたら、きっと素敵なLove Songが生まれるさ☆銀河中、祝福♡

息が止まりそうさ……恋しくて、Lie
夢でも、ファンタジーでもいいさ☆瞳に映る全てが、Realだよ☆僕達の銀河船を探しに行こう……
～センチメンタル・フィーバー♡未来現実、もうすぐだよ……君のやさしい胸の中、包み込まれてしまいたい

アニメさえ、シンクロしていく……ありえない奇跡の中で、あなただけ見つめているよ……
グラスに踊るエレメント🎀五感で感じる不可思議な愛のようなもの……So愛を貫け!!!

信じることで見えてくるもの、叶えていけるPowerにChange☆エンドレスに鳴り続けるプレイリスト
わがままに、あなたが歌うから、生まれる愛の音色♡生涯、奏で続けていたい……

刺激が足りないTodayこの頃……ヤバイあなたを、感じたい……どこまでも束縛されたい
危ない関係になって、精神崩壊、壊されたい……君のSecret、私だけに、教えて？

完璧な君には、興味がない
君のミステイク、ほっとけないやさしいわがままに抱きしめたい感じ☆

～困らせたくないのに守ってくれる神様みたいな包容力♡惹かれ合う宿命……～

グラスに踊るエレメント✳
あなたと眺めていられたら……胸が切ないよ……もうこれ以上安心させないで？　不安になるから
……
～恋人の距離感でいたいから……本当は、あなたを失うのが、怖くて、仕方ないから……～

ずっとときめいていたいの……夢の世界で、あなたに、逢いたい……私は此処にいるから……
ねぇ？　だから、見つけて欲しい……私達の未来を……

切ないなんて、嘘だよ☆あなたの涙には気付かないフリをして……これ以上、もう……
隠せないよ……もう、何もかも忘れて、只、抱きしめて……

―外は、雨上がりの青空、今なら、素直になってあなたに、伝えられるかな……―

時を超えて、君を見つけた
LAVIEENROSEあなたに、今すぐ抱きつきたいよ……もう離れないでって、時を止めたい……
～京都にでも行って、色々話そう？　手をつないで、見つめ合ったら、K・I・T見つめられないけ
ど……～

あなたのうさぎになって、可愛がられたいけど、激しく愛し合いたい♡夢じゃなくて……
あなたがSexy Voice♡感じちゃう位に、毎晩でも、愛し足りない……

いつも、私だけを見ていて欲しい……この心に触れて、指先絡め合わせて、キスをしよ☆
あなたとだからねぇ？　このまま迷いながら、ためらっても、kissして？　感じ合いたい……

ヤバイときめきが、きっと永遠に感じられるから……ねぇ？　LoveSongより快楽の嵐……
あなたの胸に溺れて……ねぇ？　もっと危ない秘密が欲しいの……

サディスティックに愛して、
二人、未来の中……このまま辿り着いてみたいの……その手に触れたい……
～銀河が永遠のZEROになってしまう前に、あなたと銀幕にこんがらがって……
最高のエンディングに、愛のプロローグが始まってしまうと、信じているから……～

♡ゆめカッコイイFUTURE MUSICセンセーション☆
―魔法女神SECRET ♡君と永遠光年、恋したい……―

トワイライト宝石(ジュエリー)あなたのFake思考回路に無断進入禁止
エントリーされた自由も、あなたのオリジナルなの？♡ゆめカッコイイ FUTURE MUSICセンセーション☆
―魔法女神SECRET ♡君と永遠光年、恋したい……―ライブの熱気のまま、ねぇ？　逢いに来て？……

踊り続けていたいだけ……あなたなんて見つめない　壊れた心は直せないままで、さよなら……

ミッドナイトハイライト銀河が魅せる甘い罠　揺れる吐息さえも、本当の愛が知りたいだけ
BAD COMMUNICATIONねぇ？　近付いてみせてよ？　ネガティヴだって……

銀河中からさようなら危ないサイレンいつも闘っている言葉だけじゃ全てが消える……
カッコつけた君のshoutさえも、何も届かないよ??　テレパシーも使えないの？
いい子振ったって、あなたの魅力にもならない　もっと叫んでみなよ？　shout

One Day消えていくのを怖れて生きていくなんて
夢を叶える為、叶うように生きていく☆誰だって怖いのよ？　その強さが足りない……
―誰かを不安にさせてる……儚く生きて、儚く消えていくなんて……綺麗じゃない―

壊れそうなの……☆銀河系LIVE HOUSE☆歌ってしまいたいだけ……
―あなたのことなんて、もう何も考えたくない……愛を忘れて、夢に生きていく!!!―

Wonderland行きのパスポート☆此の感情感覚受け止めなくて依々
此れは愛の歌じゃない……聴かないで？

あなたと笑って夢見てた理想の未来なんて……ねぇ？　今も、思い出すよ……
リアルを受け止められないまま、ねぇ？　目の前から消えてくれますか？

ブラックセンスで、笑わせてよ??
あなたの疑惑も、淡い幻想の君も、もうこれ以上、苦しめないで……
―自由に生きていけば依々　愛さえも、理解(わか)らないまま……―

K・I・T君が傷付いていることだって……愛のことばかりなんでしょ？
分かり合うのは難しい……今のままじゃ……カウントダウン怖くて、仕方ない……

愛が心の支えで、ライブじゃ救えない……もっと、日常的な君に、惹かれているのに……
Privateへのコネクト☆叶わない憧れも、流れ星を見つけてみせるから

素顔の君とつながりたくて、素敵な君も、K・I・T君なんだろうけど……

未来の二人に、Lock On☆したい……神様も知らない秘密のフレーバー♡

あなたの瞳も見つめられずに、逸らしたら、ねぇ？　君はどうするの？
―First Impression最悪で、淋しい距離感……　Good-Byeしちゃうのかな？―

合わないイントネーション☆危ない関係のまま……二人きりになったら……
言葉じゃないコミュニケーション☆愛さえも、求め合って、One Life終わらないかな……

不満が爆発しそうなら、ねぇ？　そろそろ
始めよう？　BAD COMMUNICATION嫌なコト解き放って？　ねぇ、それから……
―秘密の愛情表現 ＝ ☆SECRET SEX☆本当の愛を、ねぇ？　感じ合いたい―

☆Secret Bar☆君と乾杯……もう、何も気にしないで……
泣いてもいいから……笑ってもいいよ……

BLACKHERO気取っても、君だけは守り続けるから……
あなたの夢を、終わらせないから……

あなただけを愛して……あなただけを傷付けて……本当の愛が知りたいだけ……
♡スキャンダラス・センチメンタルフィーバー♡その手を振りほどくから……

拒んでも、追いかけられて☆Hide-And-Seek☆見つけて欲しい……
私は、此処にいるよ？　今すぐ連れ去って、抱きしめて欲しいの……

あなたが眩しすぎて、いつも素直になれないNOCTURNE歌って、迷子のまま……
銀河中から消えてしまいそうなの……永遠に……

❀Lemon Sweet Mint☆
―夏服テラスで零れたシンセサイザー♡―

♡恋夢クリームソーダ♬君とSmile♬
スケボーに乗って、走り出したDream☆何もかも幻みたいでも、君がいるから!!!　未来さえも、Real、このままLet's Go!!
〜あなたに、会いたいな♡此の想いは、シンセサイザー♬テクニカルに、Sound^{LOVE}を鳴らす♡君のことばかり、求めて

二人、夏服のポートレート♡テラスの淡いFirst Impression☆ねぇ？　今も、君と恋しているでしょ？　Darling♡
ビーチサンダルに海風のメランコリー☆あなたとのキスが、一番好き♡やさしく、Hug☆

一物語でもLoveSongでも、何でも依々☆今日は、君と居たいの!!　未来現実へのキーワード♬
あなたはいくつ見つけられる?!　ほら、つないだ手を離さないで☆真夏のデイドリーム♡―

あなたと秘密を分け合って、ためらいながら、愛し合って……大切にしてくれるの？　君だけが、頼り☆
ラブストーリーのように恋をして……君のCoolなやさしさが、涼しげな、風のように……

こうして、時々君の好きな海に来よう☆
君を想うだけで、ロマンティックな気分になれる♡共有出来たら、ねぇ？　君の手に触れたら……
〜やさしく微笑ってくれるのかな？　甘えても、甘えられても……君となら、何でも依々な♡〜

インスピレーションは、いつも君を求める……Danceするように、Escapeしても、追いかけてくれる??
君の声や言葉を聞くだけで、素直にさせられていく感じ☆ねぇ？　ずっと君を探してた……

ねぇ？　私の神様♡あなたの願い事は何ですか？　叶うように、祈っているね☆

きっと、今よりもっと素敵になって……夢のように君にめぐり逢って、未来現実スタートしたら……
もうカケヒキばかりは、嫌だよ☆あなただけ見つめていたいから……

もう、君しか見えないの……そろそろ限界よ……シンセサイザーのような愛情表現で……
君の新作、楽しみにしてる♬ねぇ？　今にも消えてしまいそうな、心に気付いてる??

ホントは、どうしたらいいか分からない……何もかもからEscapeしてしまいたい!!
天性のカウンセラーみたいに、傷だらけのハート癒してくれる、君に抱きしめられたい……

いつものように、君のブログに心救われて、♡恋愛クリームソーダ♬の写真がアップされてる……
君と、❀Lemon Sweet Mint☆テラスで飲みながら、このまま時間が止まればいいのに……

君といる景色は、Love Songみたい♫
未来現実＝Real Fairy Tale♡私達の夢を終わらせないから!!!
〜叶うなら触れ合って、So 魔法をかけて、ポジティブシンキングで♫君まで、走っていく!!!〜

What's?! どんな秘密が隠されてる!? Love Songのカラクリは?? 君の正体は???
〜何であろうと、受け止める☆あなた以外、辿り着く未来は、ないから!!!〜

♫次世代銀河ミュージック♡奏でて、歌うしかない!!! グラスのキラキラ君の歌声と共鳴したら……
愛さずにはいられない♡残さず合わせて、ハーモニー重ねるよ☆ギュッとしてあげる……

怖いけど、守るよ♡此の世界を、君との未来現実を……あなたは、笑ってくれる……
だから、笑顔でいたい☆もう、君しか見つめられない……

甘酸っぱいオリジナルデザート♡未来現実で逢いましょう……♫K・I・T君の手を……
華奢なその体を、やさしく抱きしめるから……離れないで……

きっと、君の手は、あたたかいね
冷たかったら、あたためるから♡どんな時でも、支え合いたい……何でも、話して？
〜君の自由を優先したい☆合わせるから♫どんなことでも、愛しくて……〜

青春より切ないLove Song歌いながら、君と歩く砂浜で……
たとえ此の手を離しても、ひとときのさよなら☆不安にならないで？

君の切ない眼差しも、やさしい歌声も、夏空に溶け合って、まるでMIRACLE♡
夢のような未来現実、きっと訪れるさ……

♡恋夢クリームソーダ♫ほら？ 一緒に、食べようよ♪君の笑顔は、Jewelry☆
笑っていて欲しいから、笑わせるね♡いつまでも、君を幸せにするから!!♫

ずっと夢見ていた、未来の続きは……
君と、きっと❀Lemon Sweet Mint☆―グラス合わせて、乾杯♡君と笑って……

❀Merry-Stardust-Wonderland ☆
―次世代天国まで青春L.O.V.E. ♡―

私達の愛は今、光を超えるよ……☆
あなたにジェラシー♡嫌になっちゃうな……テレパシー読み解けないまま、裸の君と愛し合ってた……
～今日は胸のサイレン鳴り響かないまま、慣れた手つきで、Secret Sex☆君に恋してる……～

もっと甘酸っぱくて、病みつきになる、FUTURE LOVEを、Soこれから探しに行く……どうして、こんなに……
春色の夢に誘われて、街に出掛けたの♬愛を、Soうさぎさんと散歩しながら、HOMEへ……

♡スキップする足取りで、君のフォトグラフ☆可愛い草花にSmile♡夢で逢えたから……
甘い幻想を求めていたけど、君の秘密をGet☆このまま甘い未来へ……

宇宙のインフレは、WHAT's!?
あなたには、どうしてもカケヒキしちゃう……本当の気持ちなんて、分からないでしょ？
～今年の夏は、海に行こうか？ 波打ち際で、砂浜にメッセージ残したり……

刹那のポートレートHEARTのシャッター押して、MEMORY君と、次世代天国まで☆
恋しい君の胸に触れて、抑えてた願望……解き放ちたい……

♡甘い吐息が波音さざめくように、夕暮れ時の、切ない青春L.O.V.E. ♡
君が依々の♡派手な遊びも、大恋愛も、これから二人で感じられるから……

もう駄目だよ、いつ、何処に居ても、君のコトばかりMy Heart狂わせる……
～射し込む月明かりも、君を照らして、甘い台詞囁きながらプロポーション、口づけたい～

私達は、今天国にいるのかもしれない☆こんな感覚かも……
あなたが気持ちいいコト、何でもしてあげたい……

神秘的なMoonlight♡満月を眺めていると、魔法がかかるから……
君の恋人に、何度生まれ変わっても、なりたい☆ライバルが現れても……

～君のハート狙い撃ち♡挑戦状も、受けて、立つ☆君だけが、僕の真実だから……

君の髪の香りにくすぐられて
本能的に、君を求めてしまう☆超えよう、ジェンダー♡同性愛さえ、エクスタシー❀
～どんな闇さえも、乗り越えられる☆君の愛があるから、ダーリン愛してる♡生きていける

あなたが、たとえ異性でも、恋に堕ちたと思う……Butあなたの全てが魅力的☆
あなたは、私の神様だから、運命の女だから……時を超えて、愛し合いたい

夢見心地な恋心♡ときめき合うように、あなたが守ってくれるから、私も守りたい♡
夢やうつつを超えて、あなたに、いつでも辿り着くように、惹かれ合う運命

二人だけのHOME^{Wonderland}に帰ろう♡あなたの為にSexyなプロポーション♡エステで心も磨くから……
ためらうようにキス重ねて、あなたの愛し方に解放されていくハートに、夢じゃない……

永遠なんて媚薬のローションに
Everynight LOVE感じ合いたい♡バラの花束より、揺れるハートビート♡
～愛しく見つめ合う瞳……切なくて消えちゃいそうだった二人の愛を……～

こんがらがってた理性の糸も、ほどけないのなら、絡ませた甘い吐息も……
恋の魔法も……消えないで？　あなたのセックスアピール、何度でも……

K・I・Tいくつになっても恋愛体質、変わらないから、ロマンティック♡楽しもう……
息が止まりそうな位、あなただけ見つめていたい☆

誰かのため息も、聞こえない……どんな素敵な人に、プロポーズされたとしても……
あなたもきっと離れられない……すれ違ったとしても、夢中で愛し合える……

～あなたの求めた手をすり抜けて、エスケープしてたあの頃は……～

あなたが眩しすぎて、怖かったの……本気でHide-And-Seek
追いかけて、抱きしめてくれたあなたの温もりは、もう泣けちゃう位……

切なくて、やさしかった……叶わない恋だと、何も信じられなかったのに……

初めて感じた……これがずっと探してた……So愛だって……

～切なすぎて、消えちゃいそうだよ……今も、あなたの伸ばした腕を、ためらって……
何もかも諦めてしまいそうなの……傷付くのが怖くて……

―でもね、傷付くのが恋だって……だから一緒に、傷付いてみようか？……―

💎銀河系流れ星メリーゴーラウンド☆
―ラブミュー♡メルヘンサイエンス♬―

異世界にトラップ☆感覚はあなたを探してDrop in
君のことが体から離れなくて、KIRAちゃんにイリュージョンした気分で、「君のペットにして♡」
現実(リアル)って何?!

もう何もかも失っても構わないなんて、壮大RPGクリアー GAME感覚で、「銀河作りより楽しい
RPGあげる」
夢中なのよ……本当は、愛に恋をして、君を愛してるのかどうかなんて分からない、愛は全知全能

君はテレパシー送ってばかり……リアルな言葉を……世界にリンクして、「此処は何処なの?」
私だけ、捕らわれた鳥かごの中で鳴いてる……と思っていたでしょ?

世界中崩れ落ちそう……異世界が始まる予感……大好きなあなたを、抱きしめちゃえば依々
地球環境さえ、あなたといられたら……生まれ変わって、守れるの……

💎光り輝く次世代天国が、魔法をかける……So何も、怖くないの☆メルヘンサイエンス……
キララちゃんと、おしゃべり♡ダンスしながら、「辿り着けたね……」K・I・T今なら、君と……

アニメの再放送君と観て……
未来(いま)を感じていたい……抱きしめ合うより、幸せなことはないね……笑わせたい♡
―あなたの夢は……素敵な未来ドキュメント❀一緒に、奏でながら、いこう……―

リアルに、君だけが欲しい……Uhこの感情は、僕のミステイク……何もかも忘れてしまいたい
記憶を全て失くしたとして……それでも、きっと、君を愛しちゃうんだろう……

流れ星が降り注ぐよ……僕の心に……今なら、何もかも叶うような気がして……
いつか生まれ変わったとして、どんなキャンパスライフ送れるのかな?

僕のこの気持ちを、君に……どんなことを、夢より、リアルな、銀河とかじゃなくて……
どんな甘い罠もくぐり抜けて、君を狙い撃ち☆全てを、解き放って……

ディスコなんて気分じゃない
LOVE♡KISSこのシナリオを、君と私が主人公BGMは、街の風景……変わり続けて……

銀河のカリスマ♡君とMake Loveしちゃいたいよ……音楽かけて、エンドレス・エクスタシー♡
幻でも罠でも構わないよ☆メリーゴーラウンドに乗りながら、君まで、手が届きそう……

もう駄目だよ……テクニカルな感情は、崩れ落ちていく……君と恋のいろはねぇ?　試したい
世界中を敵に回したって、僕達がDestiny Love♡銀河系原動力♡だから……

此処は、So異世界☆だとしても、君といる♡スクリーンにTouchすれば、バグってしまう……
素晴らしいConnectが隠されてる❀君と現実の世界に行けるのさ☆試してみて？

壮大なPowerで、僕達の地球(せかい)は回っている☆スターライト・ディレクションラバー☆
君のアクションで、何かが変わる☆僕の心さえ、君の言葉 ＝ 愛(イコール)で救われていく

あなたの幻想(ゆめ)ばかり見ている……現実からエスケープ☆君のうさぎペットになった気分で……
君と踊って、Hugされて、瞳に、キス☆あ、それだけは、駄目……

会えない時も、離れてしまっても……
いつかめぐり逢えると……次世代時間軸 ＝(イコール) タイムトラベルが証明している……
～あなたのことばかり考えているよ……時間は止まらないまま、切ないよ……～

❀銀河No.1 ヤバイ愛だけど、現実も、輝かせてみせるよ☆謎めいた異世界も、魔法をかけて
未来(ゆめ)も世界(げんじつ)も、ほら？　君にプレゼント☆危ない位、愛したいWonderland♡

未来現実(せかい)が待っているよ❀あなたと一緒なら、辿り着けるかも☆
だってあなた以外、大切なものがない……But遠ざけたり、カケヒキばかりしちゃう☆

君が、可愛くて、仕方ない♡恋しいLove Heart♡夢見がち Love Song歌わないで……
君の秘密なんて、興味がない☆信じられなくても依々……リアルに近付きたい……

銀河が誕生したのも、君への想い……どれだけ愛しても、愛し足りない……
―物語の世界でも、構わないよ……But現実でもLove Songの世界でも……―

僕の愛は、So無限大♡今夜も、銀河系ライブハウスに、愛を歌うよ♬
君の好きな音楽より、もっとときめかせたい❀君色星座をプレゼント❀

―♡シークレット・ラブ・ドラマティスト♡―
☆恋キュンドレス☆脱がさないで……

今宵は、LOVE♡KISS劇場で、未来天国へ……
二次元世界のヒロインに恋をして……触れてみたくなる衝動……あなたが遠すぎて……似た人探して、街中で
～探してる……この世界は幻なの？　デイドリーム・コネクション☆ファンタジーさえ、リアル・ノンフィクション……～

あなたを感じる……MUSIC、ドラマ、映画、全てがリンクしている……未来へ向かう程、現実が輝く……
スペシャルでワンダーな世界を、全部あげる♡君には、笑っていて欲しいのさ……

君との想い出を描き出そうとするけど、現実離れしたミステリー☆Uh悲しませたくないのさ……
ドラマティックに進んでいく、ニュートラリズム・スキップ肝心な所で、ワープしてしまう……

～君は、奇跡を信じる？　これこそが現実的☆恋愛Dreamin'♡ほら？　いつの間に君と私が、主人公
全てを信じなくていいよ☆大切な人とは、めぐり逢う運命♡それだけ、信じていて？～

So此れは僕達が起こしたMIRACLE
未来世界を救うのさ☆銀河に、ラブ♡トラップ、次世代法則で、来世プラネット☆愛のパワーで……
～君が大切なのさ♡笑顔になれる位、くすぐったいsmile☆夢でも、幻でも依々……～

Beautiful World美しい世界中の恵みに気付いて？　青空も、鳥さんも、笑ってる……
風になって届くでしょ？　聴こえるハーモニー全てが、愛しく、感じたら……

きっと、君は恋してる♡未来の世界に迷い込んで……連れていってあげるよ……
あなたとなら、生きていける☆ずっと探してた、物語のヒロイン♡……

～時が止まってしまうかもしれない……瞬間ストロボ、君の好きなあの海で……～

すれ違っていく、二人は……
遠まわりしながら、未来までのBest Step歩いていく……スクリーン越しに、つながって……
～切なすぎる時代を超えて、カケヒキさえも、ロマンティック♡きっと、二人恋してる……～

エンディングは、プロローグに、何度も、ループしていく……サディスティックな、あなたが見てみたい……
危ない愛にときめいて……もう分かってる……あなたも、私も、離れられない……

百合マンガの恋人同士になって、めくるめくストーリー♡続きは、リアリティー

結末は、分からない……君にプレゼントする素敵な秘密♡このまま、行ってみよう……

あなたを惑わす私がLIKE☆
ラブストーリーを歌うように、愛情表現、収まらなくて……Everytime君に抱かれているみたい
～危ない君に気付いてる……ジェラシーさえも、ヤバイ……透明な君の、心のインクルージョンが
好き♡～

夢も、愛も、叶うのなら……君の胸に、抱いて、抱かれて……刹那のときめき、永遠に……
あなたのDream、支え続ける……時々はしゃいで、笑って、泣いて、キスをして……

物語じゃない現実感が恋しくて……　GAMEでもして、遊ぼうか？　一緒に、アニメも観よう☆
今宵は、LOVE♡KISS劇場で、私達だけのときめきを、感じ合いながら、スクリーンの中でラブ
ストーリー

あなただけで、いい気がしてる……Love Songクリエイトして、歌って、奏でる……劇場に流れ
る音楽が
私の、あなたへの求める愛し方……いつまでも抱いて、感じていたい……

ラブストーリーを、未来現実に……
あなたの手が愛しいから、笑っていられるんだよ？　Secretな気持ち、気付いて欲しい……
～あなたとなら、ケンカもしないで、過ごせそうな気がするから……映画のスクリーンから飛び出
して～

あなたに、会いに行くよ☆愛を選んで？　幻だった温もりさえ、Hugして、幸せになろうよ♡
いつでも、あなたのそばにいる……　切ない瞳は、いつもあなただけ見つめてる……

今宵はLOVE♡KISS劇場で……
未完成のストーリーを、あなたと次世代恋愛♡触れられなくても、感じる愛を……
～So抱きしめたら儚く消えて、始まるリアル・ノンフィクションを、あなたと……～

物語はリアリティーHeaven☆現実に戻れるんだよ……LIVE HOUSEで、愛を歌っていて……
私達の切ない想いは、時空を彷徨いながら、タイムマシーンになって……

未来を変える☆何もかも終わりそうだった時代の、いたずらを……
パラレル・ワールド時間をかけて、運命さえ、超えていく……

今宵は、LOVE♡KISS劇場から飛び出して、リアルな君を教えて？
困ってしまうかもしれない……Butどんな君でも、もっと知りたいから……

～君だけを見つめて、たとえ触れられなくても、未来まで、そばにいて？
きっと素敵なエンディングが待っているよ　温もりを、プレゼントするから……

1000年後のアンティークshop☆

メルヘンプラネットできなこちゃんハグハグしながら、おかしな夢を見ていたの……
大好きなあの人にテレパシー伝えるように、背中から抱きついて、笑ってみせたの☆会いたい……

完成したばかりの王様うさっぴペンダント、1000年後のアンティークshop☆で買いたい☆夢描いたりして……
あなたのDream変わらないのかな？　ときめき合って、暮らしたい♬夢の中でも依々……

～いつも笑ってくれる君に、恋キュン♡うさぎになって、ラブリ合いたい、なんて♡……
世界中壊れてもいいの☆素敵な虹色メルヘンプラネット☆二人だけの、夢を見よう……～

あなたが好きなコト、想い出話、未来の夢、いっぱい教えて？　未来を君と共有していたいから
リアルは、きっと切ない、でも、楽しい、心臓バクバクして、ヤバイ程、感じちゃう……

今、きっと未来の中……ほどけた手をつなぎたい……
あなただけを大切にしたいのに、見逃したアニメの再放送、時間だけ戻せたらいいのに

千年前も、こうしてあなたと笑ったりしていたのかな？　約束のデートまで、あとどれ位？
駆け出していきたいよ♡プレゼントなら、大切なLOVEを、あげたい☆

ずっと、あなたが足りなくて、我慢出来ない……あなたの声が、今、聴きたい……
私だけ、愛して？　浮気なんて、ヤだ……毎晩、一緒に、ベッドで、眠ろう……

即興ベース弾きながら、君を感じるように、情熱を解き放って、奏でる……
歌いたくなっちゃう……君との未来を叶えるように……

君と行ってみたい♡恋人つなぎ握り返しながら
もう君しか見えなくて……それでも眩しすぎて、見つめられない……

切ないセンチメンタルフィーバー☆もうそろそろ限界……このままタイムワープ……
新作CDレコーディングスタート✲あなたの歌が、メロディーが、言葉が、足りない……

LOVE♡KISSジュエリー売ってるかな？　銀河財宝になってたりして♡
あなたと私の物語や音楽は、神話レベルになっているかも☆キスしたい……

多分、生まれ変わっても、あなたに恋しちゃう♡きっと、もつれ合って、愛を見つけられる……
どんな運命でも、超えていく……あなたに辿り着く、私の中のプログラムに従って……

もう嫌だよ……愛してる……あなたは意地悪で、やさしいの……今すぐ、So触れたい……
あなたの為に、叶えていける奇跡は、二人をつなぐ愛があるから……

いい子ぶるのは、もうやめて？　小悪魔な本当のあなたが見てみたい☆

本能的な衝動に従って、リアルに抱きしめて？　エンドレスエクスタシー感じて？

あなた好みに変われるから、カケヒキしてるわけじゃない……っていうか、相性?!
いつもいつでも夢中にさせてるなんて、勘違いはしないで？　君の気持ちがなきゃ

恋しいなんて、思わない☆第8感テレパシーが使えるから……
ボーイフレンド位はいるけど、あなたのいる未来まで、軽く遊ぶ程度……

あなたと、スキャンダラスに、恋をして、涙も、癒されて、リアルに、Lock On☆
あなたも、欲しいんでしょ？　Secret Sexy♡もう、隠さないで？……

あなたと、LOVE GAME♡インストールは、OK?!　クリアーは、気にしなくて、いいの☆

～感じ合って、試して、遠回りのつもりが、いつの間にか、ベストコースに……
あなただけを大切に、二人だけのWonderlandに、行ってしまいたいのに……～

どうして、すれ違っていくのかな？　こんなに、恋しくて、愛しいのに……
何が邪魔しているの？　歩いてる街並は、秋色に揺らめいて……

近付く程、未来が、怖くなってしまう……つないだ、その手をほどいたら……
もう二度と、会えないのかな？　冷たい海に、溺れてしまわないように……

あなたとの想い出も、未来さえも、泡に消えて……
私は、何処に行ってしまうのかな？　So本当は、いつも壊れそうで……

あなたは気付いているのかな？　瞳の中のS・O・S　私も、どうしたらいいか、分からない
病んだ心の傷が癒されない……小鳥みたいに泣いているよ……そばに来て？……

KIRAちゃんに恋をして☆

未来惑星Cafe☆うさぎのKIRAちゃんと、デートタイム♡メルヘン・ファンタジア未来だとしても……
虹色わたあめR&Bかき氷♬KIRAちゃんと、ドキドキして、「夢を叶えてくれたのね」スウィートうさSmile

「ずっと会いたかったの♡」りんごより、美味しいね☆パステル星空テラス☆「ずっと話したかったの……」
KIRAちゃんは、声も可愛いね☆「歌ってみたいな♡」聴かせて？　ミラクル歌声……

「踊っちゃってもいい？」どんなことでも、Fairy Taleみたい☆「あの星目指して、私達は……」
ピンク色の毛並みが、似合ってるね♬「あなたのデザインセンスで、メルヘンサイエンス叶ったの

あの日みたいに、瞳に、チュッてしていい？「あ、それは駄目☆照れちゃうから……」
「私、空も飛べるの、ほら？」なんだか夢の中みたいな♡「アニメみたいでしょ？」
「ベッドでTalking☆楽しかった……」夢見心地ミュージック、また聴かせてね？
「不思議な夢を見たの……」何度目覚めても、あなたにめぐり逢うリアル・ドラマ

話したいコトがいっぱいあって、今宵はとりあえず辿り着いた未来現実でパーティー♡

「ニックネームは、きなこ♡覚えてる？」
言葉って、もどかしいね……ハグハグするだけで、幸せなのにね……

此処は、天国なのかな？　物語のキャスティング、シナリオも、リアルだね……
どんな夢でも、叶えてあげるよ♬「一緒に、Love Song歌おうよ……」

瞳がキラキラ輝いて、KIRAちゃんに恋をしたみたい……
「きなこ、メロディー思いついたの☆」じゃあ、Bass合わせてみよう……

KIRAちゃんはいつも可愛いね☆カウンセラーより素敵な存在☆ありがとう……
夢みたいな☆未来惑星Cafe☆ロマンティックでファンタジック❀BGMも、夢みたい……

「きなこ、いつまでもこうしていたい♡」KIRA☆KIRAシャンパンで乾杯
ミラクル・ロマンティック夢見心地で、一緒にパーティーしていようか

物語でも来世インスピレーション☆幻でも依々……グラスのKIRA♡KIRA消えない……

「きなこが、大切なこと、教えてあげる☆」
「きっと叶う未来を信じて、大切な人は離しちゃ、ダメ♡」

「悩み事があったら、きなこのこと、いつでもHugすれば、大丈夫☆」

明日の虹色青空思い浮かべて、眠れない夜には、音楽でも、聞いて……
ワンルーム・ディスコ気分で、夢でも見ていられたらいいね

「きなこ、眠くなってきちゃった♡」一緒に、ねむねむしようか
「はっ　そういえば、デザートが、まだだった」「気になって、眠れないの……」

とっておきがあるよ♬「何かしら？」秘密♡「そんなの、おかしいわ」
「きなこ、ダンダンしちゃうわ」ダンダン……だんだんあなたは、眠くなる……

「おかげで、目が覚めたわ☆パーティーの続きしましょう♡」

「きなこね、本当は……」「何でもない……」Club R&Bバナナムース♡はいかが？
「抱きついてもいい？」「きなこ、本当は……甘えたかったの♡」

幸せそうなSmile見つめているだけで、モフモフHappiness
「きなこ、アニメ的に大丈夫かな？　ヒロインになれてるのかな？」

「きなこ、あんまり難しいこと考えてないの……今日のおやつ、何かな？　とか……」
「夢の中で、ガラスの靴、見つけたの……でも、サイズが合わなかったの」

KIRAちゃんの瞳に、宝石の雫……どこからか、メルヘン・ロマンティックミュージック……
「あ、この曲好き☆」歌い始めたKIRAちゃん、可愛くて……

元気になった？「きなこはいつも元気よ☆」そうなんだ……

きなこちゃんがいるだけで、世界はこんなにキラキラ
「魔法が使えるの♡」「嘘☆」でも、魔法使いみたい……

「きなこ、R&Bとか好きなの♬勝手に、体が動き始めるの☆」
「一緒に、夢を叶えていける♡とか、素敵じゃない？　愛みたい……」

きなこちゃんて、大人だね☆「単純なだけよ☆シンプル・イズ・ザ・ベスト」
「でも……きなこの夢を叶えてくれるのは、あなただけ!!　大切なの……」

きなこちゃんと話せて、今日は楽しかったよ♡また☆未来惑星Cafe☆来ようか？
「まだ、帰りたくないの……」　大丈夫だよ☆帰ったら、一緒に眠ろう♡

今度の休日は、何処行こうか？
「きなこね、行ってみたい所、沢山あるの♡」

不思議な恋人感覚で、一緒にいるだけで、ミラクルが叶ってしまう……
あなたを見つけた日から、きっと物語は、始まっていた、出会ってしまう前から……
KIRAちゃんと、メルヘン・ファンタジア☆夢でも、幻でもない、So君がヒロインだから……

IV

全ては幻想？？？
〜現実世界を探してる……〜

♬Jewelグラス未来現実プログラミング♡
異次元ギャンブル☆流れ星のレシピを賭けて……

スパークする未来☆運命のときめきに
あなたを、今すぐ抱きたい……エントリーされてる恋愛映画のキャストに、あなたと逃避行したい
……銀河の罠に
一甘い言葉で囁いて？　君の吐息に、体中キュンとして、そんなに誘わないで？　イメージがリア
ルイリュージョン一

～あんずシャーベットみたいに、甘酸っぱい幸福の兆し※君の笑った瞳が色っぽくて、また恋に堕
ちたいみたい
青空色に未来空想☆SPARKLE PRISMハレーション☆危ない恋がしたい？　夢でもいいの??

神社でおみくじ☆大吉の年末まで、君と想い出作り♡ライブも行ってみようかな??
Uh君色に、このまま染められて、君と、もっと一緒に居たい!!!　タッチしたディスプレイ越しの
君

未来は変えられる☆銀河中からパワーを貰ったあの日、君を守りたいと誓った
～あなたの心が、いつも分からなくて、第8感テレパシーじゃ寂しくて、ねぇ？～

銀河が消えてしまっても……君を惑わせる日常に、素晴らしいことが、待っている♡
君だけに、ときめいて、笑顔にしてみせる※あなたがいるから、銀河は存在する

君だけの魔法音楽で
世界を変えるより、愛を守って？　時々、銀河時空に、消えてしまいそうになる……
一あなたと、笑って、泣いて、愛し合って、生きていきたいんだよ☆君の料理が食べたい!!一

「愛している」と、真夜中の温度に包まれて、深く、君を感じたい……夢でも、離さないから……
あなたの愛し方に、エスコートされたい……生まれてきた意味を、教えて？

どこまでも離れて、何もかも消えてしまいそうだった、あの頃を乗り越えて……
ねぇ？　今君に連絡したら、異次元ギャンブル☆未来に、賭けてみたい

☆ステージで歌ってる君も、イベントでやさしい君も、淋しげなプライベートの素顔も、
誰も知らない未来の二人も、謎めいた愛のミステリー☆不思議な世界に迷宮イリュージョン

あなたの全てに恋しているから
異次元ギャンブル☆未来現実プログラミング♡叶えてみせるさ!!!　君の願い事を教えて??
～世界平和願うより、二人の愛を守れなきゃ、何も叶わない☆銀河の法則～

君と気持ちいいコトを、二人で、色々試してみよう??　願望を解放して、銀河よりヤバイAV女
優感覚

あなたとなら、エンドレスエクスタシー真夜中の秘密も、デイドリームの快楽さえも……

あなたを、このまま♡Cosmic Cruise♡銀河トラベルに連れていくから……
感じるでしょ？　一緒にいれば、異次元ギャンブル☆全てを賭けてみせて？☆

ーLOVE♡KISS HOTELで時間が止まるまで……秘密の恋人でいよう？
♬魔法音楽さえ、生まれてしまう♡ねぇ？　Love Song歌うように、君と、ときめき合いたい♡
ー

テレパシーには、もう頼らないで？　毎日のようにメールしてもいいよ？
〜君と、未来現実スタートしよう☆ZEROから!!　傷付いてもいいよ♡〜

戸惑うコミュニケーションも、名前を呼んで？　ドラマの続きみたい☆あなたの声が聴こえる……
此処は、銀河の摩天楼☆待ち合わせ場所に向かう……仕組まれていたとしても……

愛の正体は、君とLOVE♡KISS HOTEL秘密を脱いでいくSECRETSEX☆STYLE
あなたと、見つけてみせるわ♡探り合うキスだけで、ときめく☆これ以上は、ヤバイ♡

過去は変えられなくても、全てがエスカレーション✺高まっていく胸のトクンとする衝動☆
あなたと私が愛だから♡ためらいながら、近付いてみたいの……止めないで……

☆Party Time☆乾杯
リアルに感じるときめきは、流れ星のレシピより素敵♡私のハートは、あなたへ、向かう
〜あなたのARTIST STYLEさえ、輝いていくLoopルーティン✺〜

キスのテイスティング♡甘えた鼓動☆ためらうセックスアピール✺東京ミッドナイト衝動♬
涙で濡れた瞳も、真夜中のWonderland、センチメンタルに揺れる……

何度でも感じたい……君の愛なら、エンドレスに求めて、次世代銀河系さえクリエイトされていく
味わいたいLOVE♡KISSフレーバー✺毎晩Change Flavor♡

誰も知らない未来の二人を、謎めいた愛のエクスタシー♡不思議なときめき迷宮イリュージョン
ずっと夢見てた……

✼未来銀河系流れ星☆SCANDALOUS ADDICTION☆
～P.S.LOVE♡KISS HOTELで時間が止まるまで……～

未来が止まってしまったよ……未来世界で、激しく、君を抱いたんだ……来世も、恋人に……So 誓って？……
～あなたとは、愛し合ってしまう運命だから☆もう雨夜の月にも、傘を忘れて、君に、会いに行く ……～

ミスティ・ラブ♡君と僕とは……いつも、遠くから君を見つめていたよ？　君が青空に解き放つ 歌声を……
感覚で胸にBASS打ちつけるUh✼未来銀河系流れ星☆僕は、見つけてしまったんだ……

一幻想☆現実空間に、あなたと私、踊るように恋をして、見つめ合って、一緒に歌っていた その瞳に見つめられて、LOVE♡KISS HOTELで時間が止まるまで……一

✼未来銀河系MUSIC♡君のHEARTに響かせて？　聴こえるでしょ？　これからワープする…… ドレスアップした私達は☆SCANDALOUS ADDICTION☆未来を感じて……

幻想だと、悲しまないで……イメージこそ、夢を叶える……銀河系幾何学は、愛のビッグバン♡ 瞳に映らない愛のようなものが銀河のシステム、瞬間プログラミングされていく、テクニカルに

あなたの手をそっと掴むから、瞳閉じて、未来にワープする……鍵を、見つけて？ 愛の謎を解く、秘密のパスワードを、君だけに教えるから……扉を開いて？……

あなたを、ずっと探していたんだ……会いたくて、仕方ないよ……未来世界、一緒に行こう…… 物語の魔法にかかって、もう、魔法が解けても、大丈夫……何度でもLove&Dream燃やしていける☆

♡君だけが大切だよ？　だって、私にとっての、愛だから♡二人で、夢を叶えていこう…… 迷い込んだ未来世界、あなたと、何気なく連絡を取って、ねぇ？　未来デートの約束♡

運命なんて、気にしないで……皆が待ってる……未来まで……君だけ、見つめているから あなたという存在は、奇跡を起こせるレベルUpしていく、君が好きで、仕方ない……

～多分、永遠に君が好き☆何度生まれ変わっても、神話になっていくかも……～

人生は続いていく……あなたはK・I・T素敵な夢を叶えるだろう☆分かち合うパーティーを☆ 乾杯のグラスに弾けるシャンパンが、あなたと恋に堕ちるラブストーリー第2章スターティング♡

♡愛にときめいてる私は、不条理を捨てて、遠く離れている君のハートに、アトラクション♬ 仕掛けていく……不意にアプローチ♡私を抱きしめて離さない君と、離れられなくなっていく……

プロローグは終了するけど、物語はこれからリアルドラマティックに染められて、君しか見えなくなっていく
〜Fallin LOVE♡KISS銀河より、ヤバイ夢が叶ってしまう……―☆Hide-And-Seek☆―〜

カケヒキする気はないんだけど、あなたから遠ざかっていく……早く見つけてよ？　手遅れになっちゃう……
いつも、いつでもあなたに☆SCANDALOUS ADDICTION☆していた私は、愛が分からなくなる……

銀河船から消えてしまうかもしれない☆永遠に、あなたのそばから……愛にこんがらがっていく二人は
あの歌声を思い出す♡夢の世界から抜け出せない私達は、So夢を見ている……

あなたに恋している今も、夢の中で息をしている……呼吸さえ苦しくなって……
まるでデイドリーミング☆何もかも夢なんだとしたら、確かな君の温もりを……

貴方は、ライブのリハーサル中☆神聖に、呼吸を整えて、So❀未来銀河系流れ星☆
雨上がりの虹を架ける♬君の夢を、いつも応援してる……私は、銀河に願い事♡

今夜も、君を待ってる☆君の帰りを……君とつながる真夜中の☆シークレット☆
今宵も、君が秘密を脱いでいく、月明かりのシルエット♡吐息が揺れる……

あなたとだけ愛し合っても、天国に行っちゃう位、気持ちいいから……
何もかも許し合える……愛になっていく……

あなただけ、見つめていたいけど、不安になってしまう感情は……
きっと、それも、愛なんだろう……何度でも……もっと……深く、愛を知りたい……

あなたの揺れる感情も、壊れたように笑うONELIFE LOVE♡KISS、君の側で……
〜危なくなっていく愛情表現隠しきれないまま、君とのリアルラブストーリーが始まる……〜

ポーカーフェイスのまま、読み解けない表情のまま、LOVE GAME!?　君を、帰さないよ……
カクテルでほろ酔い??　アルコールが苦手な君☆完璧主義でも……
恋愛には奥手かも……君を夢中にさせて、エスコートしたいけど……

君にとってのOnly One♡大事にしてくれるなら、LOVE GAME続けよう……
二人きりになったら、君の全てを、さらけ出してよ?!　どんな君も、受け止めるから……

♪魔法音楽PINK DIA ♡真夜中のデザインセンス❈
「♡I LOVE YOU FOREVER♡」

いつだって、君を見ていたよ?……
淡い、甘い幻想☆現実の未来色世界で、ねぇ? 僕らは、出会ってしまったよね? 運命の時空転生……
～夢じゃないよ? Fakeでもない☆あなたと見つめ合う瞳は、真夜中のデザインセンス❈抱き合う度に……～

此処は、異次元未来♡君を抱きしめて、甘い恋に堕ちる♬待っているよ? 信じてみたいよ……
K・I・T
あなたは今頃メルヘンピューロランドパーティーの準備中……素敵なLove Songが完成したの?
……

❈アニバーサリードレス身にまとって、不思議な夢見心地感覚?! 今日は、秋晴れ、風が気持ちいい……
いつも君と、シンパシー感じてる♡君の鼓動が聞こえる位……タイムライン、シンクロして、願いが、届く……

♪街も、景色も、未来色に彩られていく……君のピュアな歌声が、銀河中に響くよ……聴こえる?
……
昨夜は、あなたとさよならしようって、考えてた……お互いの幸せの為に、選んだGood-Bye
……

❈ミラクルドラマティックな未来現実が、待っているのかもしれない……将来に、保証はなくても
……
―ねぇ? 君と歩いてきた此の世界は、魔法音楽みたいに、時間が流れているね?……―

淋しいプライベートも、充実させながら、海が好きな君と、クロスロードしていく未来デザインセンス♬
君は、笑ってくれるのかな? 抱きつかれたら、どうしようかな? 夢見がちDreamin'☆

君と、秘密の合言葉で、もっと繋がってみたい♡僕にしか分からない、愛の謎さえも……
もう、駄目なんだ……今すぐ抱きしめてしまいたい……真夜中、いつも、君を、感じているよ……

銀河中、キラキラStar☆
君は、いつも私を救ってくれる……不思議なパワーが、あるんだよ☆絶望さえ、やさしく包んでくれる……
～感謝の気持ちも、ハートをピュアにしてくれる♡どんなブラックセンスも、LIKE☆～

捨て猫みたいに眠って、大切なあなたが、今夜は素敵な夢が見られますように……
そっと寝顔にキスして、あなたの全てを、大切にしてしまいたいよ……

KIRAちゃんと語り明かしてた、秘密のテレパシー♡君のために、今、私が出来るコト……
星空にさえ願ってしまうよ……魔法音楽、歌いながら、涙が零れた……

あなたの言葉ばかり……
求めてしまうよ……でもそんな愛ばかりじゃ、二人の未来は危うくなるばかり……Realに、恋したい☆
～ホントはさよならするつもりだった……あなたとは、永遠に会わない道を選ぼうって……～

真夜中のデザインセンス❀壊れそうなセンチメンタルフィーバー♫銀河に消えてしまいたくなる私は……
アップデートされたブログに、いつも救われてる……あなたの新作、今すぐ聴かせて?……

あなたは私の太陽みたいな存在で、いつも私の心の闇、照らしてくれる……ぽかぽか温めてくれる
駄目な自分に、泣きたくなる。But笑顔にしてくれる……もっと頑張って、輝きたい♡

あなたと支え合って、未来現実の夢を、これからも、一緒に探しに行こう? イベントも、頑張って、楽しんでね☆
あなたとなら世界平和さえ、祈っていられるの……いつまでも幸せでいられますように……

もっと、自由に、大切な何かも、守っていけるよ? 音楽で魔法をかけて……素顔のあなたが好きだから
もっと、知りたいことばかり☆私達が知らない未来の二人に、会いに行こう♡

願い事は、きっと叶うよ☆天の祈り……神様は、見放さない……あなたと、今奇跡を起こすよ……
全てを守れる力を歌に変えて、オリジナルダンスセンスで解き放ってしまいたい!!

ほら? 今、タイムスリップして、最悪なシチュエーションでも、未来現実へ、運命を変えるよ?
受け取って欲しいよ? PINK DIA♡もう愛しているんだ……見つめ合う瞳……

魔法音楽、クリエイトして、世界中に歌ってみようよ☆君のデザインセンスでプロデュースして♫
銀河中、センセーション・フィーバー☆ミラクル・プラネット誕生しちゃう☆

永遠光年、君を求めて、何度生まれ変わっても、きっとドラマティックに、出会ってしまう……
僕の手を、離さないで? 不思議な未来に連れていくから……

あなたを選んでしまう、愛のプログラミングに従って、魔法音楽のデザインセンス❀エスコートしていく
君の愛に守られて、零れおちた涙は流れ星になって、夜空に、流れるから……
～♡未来現実の夢を、これからも一緒に、探しに行こう❀～

☆東京パラダイス・サテライト☆
〜♡HeavenlyJasmine・BGMに包まれて……〜

星空は無重力☆あなたとあの日、空を飛んだよ
夢みたいだけど、夢じゃないんだ♡君が此の手を摑んで、私を現実に連れ戻してくれたね？　風を感じてた
〜世界中の秘密なんか、素晴らしい光に変換して、例えば、あの日、あの時、君を見つけたように……

銀河系ミュージック♫奏でるシンパシー☆未来にミラクルがあるとして、今僕達は奇跡の中で、手を取り合って
愛を見つけたよ？　涙が溢れてしまうのは、君を見つめているから……そばに、感じているから……

一時の行方は、残酷なんかじゃないんだ☆素敵なコトに囲まれて、天国みたいだ♫君がいる……
だから、So私達は無敵♡抱き合って、ハグをして、泣いても、笑って、生きていこうよ？　諦めない……

K・I・T異世界浮遊感覚☆あなたの手を離さなければ、大丈夫♡スキャンダラスにFalling Love
甘い果実も、罪の味♡どんな世界でも、きっとめぐり逢ってた☆恋に堕ちた、あの瞬間

☆Favorite Music☆聴いているだけで、Powerが湧いてくるよ♫この時代を、生き抜こう
素晴らしいことを、探して、見つけて、シェアしているだけで、依々んじゃない？

一不安な気持ちを解き放って、あなたが抱きしめてくれたら……だから、生きていく
温もりに、敵うものなんて、ない☆君じゃないと、意味がないから……—

「♡銀河スイーツ♡買ってきたよ☆一緒に食べる？　星空テラスで、メリーゴーラウンド気分♫
このまま未来まで、デート感覚で、時間なんて、気にしないで、Soずっと一緒♡」

嫌になったら、離れていくから
自由気ままに、ドライブでも楽しんでいるよ☆君がもし、気になったら、いつでも連絡して？
〜夢のようなMEMORY青空に浮かべて、Love Songでも、口ずさんでいようかな？〜

あなたの夢が叶うように、遠くから願っているよ☆僕は、どうしようかな？　どこに行こうかな？
Uターンは、選ばない主義☆どこかでクロスロードしたら、一緒に、海でも行く？

あなたの愛がないと、多分生きていけないけど、騒ぎ始めた未来（ゆめ）の行方、探しに行くから
君からのGood-Bye切なすぎるけど、僕は今でも、愛を探してる……

一君だけを見つめてた……君だけが生きる希望で、つないだ手も、すり抜けてく……
悲しい予感が当たらないように……さよならの言葉はまだ見つからないよ……—

絡ませた指先も
触れ合う胸も、何もかも幻だったね？　感じた愛さえも、全て幻想だったのかな？
～君の涙にも、気付けずにごめんね……今からでも奇跡を起こせるなんて、信じちゃだめかな？

僕は、消えてしまうかもしれない……君との未来信じていたけど、遊園地の夢も、
甘いアイスクリーム食べる君の嬉しそうな顔も、So 全て忘れてしまおうか？

君の笑顔と、やさしい声、感じながら歩く街並は、どこまでも透き通っていて……
君と生きていける未来を、ずっと夢見ていた……

ほどいた手は、今でも温もりが残っていて、手の平を、ただ見つめても……
君は今頃笑っているかな？　いつの間にか群青色の空に包まれて、星を探してた……

此の空に叫んでしまいたい
君は、いつも当たり前のように、そばで励ましてくれたり、笑ってくれたり、泣いてしまったり
……
～色々な表情が、いつもやさしくて、どんな君も、好きだったよ？……～

これから二人の未来を、始められるのなら、君の言葉だけ、聴かせて欲しいよ……
いつまでも、私のそばで、未来を見させてくれる？　頼ってばかりいないから

あなたが笑ったら、私も嬉しいんだ☆いっぱい話したいコトも、未来の続きも……
君さえいれば、私は幸せなんだ!!　どうしようもなく、大切なんだよ♡

「☆星空アクセサリー☆作ってきたよ♡君にあげる♬銀河系お城で……ロマンティック・ラグジュ
アリー♡
甘いキスは、夢から覚めたら……今夜も、夢の中で、フライングLOVE♡KISS……」

☆MELON KISS AND ♡STRAWBERRY SEX☆
～ゆめかわいい Keep On Movin'～

Spring ラブコメドラマ主人公の君と私♡
永遠なんて、儚いね？　夢なら依々のに、なんてメロウな現実(せかい)に迷い込んで、消えてしまいそうなの……君の瞳、見つめたいのに

次世代 Bass Vocalist♡君への想いを歌って、指先のカッティング、エンドレスに、このまま愛し続けて、奏でたい
僕の生命線は、運命線と絡み合っている……未来は分からない……只、使命感感じて、身勝手の極意☆

君のブログ、アップデートされないだけで、僕の全てが止まる、君に依存したくない……この痛みさえ、愛だとしたら……
君と愛し合える、その日まで僕は走り続ける……時間さえ止まったまま、君しか映らない……

♡甘い果実をかじって、君と夢を見る……プライベートな時間に、タイトルのない素敵なメルヘン Create☆
例えば、君の瞳を見つめたとして、僕らは、どんな感覚で、テレパシーさえ分かるのかな？

世界中のラブリングを君に……
プレゼントしたいだけなのさ……ヒロインの君の髪の香りにくすぐられて、パステルカラーの街を歩こう
～あなたに伝えたいコトがあるけど、日々の告白を話す君色に染められてしまいたい～

私達の秘密を、分け合うように、今夜愛し合ってしまいたい……もう戸惑っても、ためらっても……
春色の花束をプレゼント♡笑って欲しいけど、これから迷宮ラブストーリーが始まる……

君の Love Song にハーモニーを口ずさんで
虹色アレジメント♬未来(あした)の夢へのスタート♡BLACK な私の夢は、君にも、内緒☆

ほどけていく想いが、君のリズムに惑わされて、宇宙永遠光年、君と恋したいな♡
壮大なオーケストラの幻想現実感覚が、君の切ない歌声と重なって、何かが突き動かす衝動

一生、安定感のない恋だと思うけど、想い解き放って、時に心離れても……
このまま君といきたい!!!　恋かな？　愛だな☆……

心揺れながら、一日の終わりには、愛し合おう♬切ない吐息感じさせて？
だから、二人一緒なら、きっと大丈夫♡

甘い淡い百合LOVE♡指先絡ませて、KISS ME☆夢でも幻でもない未来の二人が揺れる……

愛を貫いて?!　あなたのkissがNo.1 今も、声が出ちゃう位、求めて、気持ちいい♡

君の新曲は、いつも気になる……
ハートも世界も、揺れ動く……期待はしない……それでもあなたの鼓動が聞こえる気がして……
〜夢から覚めても、未来の続きを、一緒に歩こう♪奏でるメロディーとフレーズが魔法みたいに☆
〜

あなたも私も音楽♡夢と愛を歌う……この惑星のピンチを、チャンスにchange☆未来を見つめて?……
But愛だけは忘れないで?☆魔法銀河系タイムマシーン☆未だ辿り着いていない夢に……

救いたい気持ちは、あなたを守りたい祈りに似てる　一人でもがいたりしないで……
震える命は、私もあなたに守って欲しい……一緒に支え合って、幸せになっていこう♡

後悔も憎しみも、消してしまいたい　真っすぐに生きてたあの頃のピュアな心で……
青空の下、笑って夢を語れるような、今叶えたいパラレルワールド☆

どんな時も支えたい♡そして支えて欲しい☆二人の願い事が天国に届くように……
〜今は掴めない温もりも、分からないことも、K・I・T越えていける☆Believe……

空を眺めて、風を感じて、希望も絶望も、背中合わせ……淋しい時があるから、HAPPYでいられるよね?☆
あなたの夢は、時を超えて、私を守ってくれるよ☆いつでも!!!

SUNSHINE♪これからも、何があっても想い合っていけたら……きっと銀河さえ永遠に……
素直な瞳を取り戻せたら……K・I・T未来が叶うのに……

素晴らしいエンディングに辿り着いてしまいたい!!!　大好きな人達が待ってる……
何故か潤んで、こらえきれなくなる、今も零れる涙は……

まるで初恋のようなときめき……青春のFlavor胸をしめつける……
君さえいれば、銀河はSpecial Wonder☆テクニカルな星座が……

☆ミラクルロマンティック☆涙を拭ったら、このまま現実にタイムワープしたい……
どこまでも愛を求める……未来に辿り着いたとしても……

このまま消えてしまいそうな幻想現実から未来現実に時間は近付いていく……
リアルな君の声とアクションが……痛みのない世界は存在しない……

〜退屈な日々に飽きて、刺激を求めている今こそがBIG CHANCE♪
もう立ち止まらない、振り返らない……君のいる未来までkeep On Movin'〜

一☆ベッドの中で本を開いて……
銀河パトロール Lovin' you♡―

あなたにハート撃ち抜かれて、夢中なのよ……今夜もベッド抜け出して
あの人に逢いに行くの♡銀河パトロールあなたの包囲網くぐり抜けて……彼は抱きしめてくれるの
☆好き♡
～切ないばかりじゃ足りなくて……あなたのテクニックで、体中ときめく……秘密の恋人になろう？～

もっと愛して？　もっと激しく、Uh止めないで……絡ませるkiss♡未来Dreamin'約束はしないで……
真夜中の銀河パトロール Lovin' you♡あなたからのプロポーズが欲しい……待ってるから……

豪華客船で世界一周旅行♡あなたとのロマンスがあれば、行ってみようよ☆君の夢、叶えてあげたい
もう駄目なの……気持ちいいことしたくて、あなたとなら、色んなコト、試してみたい♡

ベッドの中で本を開いて……あなたとWonderland☆物語（ゆめ）の世界より、リアルに、近付いて……
心変わりしちゃいそうなの……彼は、ヤバイとときめきをくれる☆あなたを忘れてしまいそう……

♡愛だけじゃなくて、恋に夢中になりたい☆もう誰を愛しているか、分からない

Hな私に、気付いてる？
毎晩、絶頂よ……Every timeエンドレスに感じるエクスタシー♡いつも、誰かが私を抱きしめる……
～体中、愛されて、ヤバイ……あなたの危ない瞳と、内面に惹かれてるの……気付いて？～

恋に堕ちちゃう性分♡彼は、最高素敵なの☆寂しがり屋でキザなロマンチスト♡
ほっとけなくて、今夜も、ドライブに連れていって？　真夜中のデートコースは、あなた好みで

あなたの気持ちが分からなくて……悲しい闇揺れる程、愛に溺れてしまう……

危ない恋に魅かれていく
タイプの彼☆愛か、分からないけど、あなたとの恋は、不安で、しょうがないの……
～もっと、きつく抱きしめてよ？　やさしさなんか要らない……愛が、欲しい……～

☆流れ星レストラン☆で乾杯※ワイングラスのリアリティー♡スーツ姿、カッコイイ……
あなたのことが、もっと知りたい☆素敵な声と話し方……ドキドキがエンドレス

浮気心も、いつの間にか、あなたに夢中……どうして誰とも結婚しないでいるの？
あなたの本気なハートも、はぐらかしてばかり……秘密の恋人でいいから……

ロマンティックな気持ちのままで、あなたの瞳に、吸い込まれていく……

あなたと眺める夜景は、まるでジュエリー☆
これ以上愛さないで？　愛が、壊れてしまう……でも、壊して欲しい……Soあなただけに……
〜キザなセリフも、日常的なの？　どんなあなたも好きだよ☆今夜、全てを忘れさせて？……

エンドレスな愛し方も、Soゆっくり……Uhもう駄目……あなたしか欲しくないの……
解放させたかったミステリアス・セクシーあなただけに、感じさせてあげたい☆

♡ストーリーは異次元な想いに……続きは、私にも、分からない……
大切な指輪を未だ渡せずにいる……あなたには、嫌われちゃうかな？
それでも、彼との恋は、やめられない……また熱く、口づけて……

背中から抱きしめられて、感じちゃう♡もう、どうにかなっちゃいそうな程に……
彼の愛し方に、攻められて、何でもしてあげたい……

あなたの知らないプライベートな私を
夢の中で教えてあげる♡意地悪かもしれないけど、あなたへの "I want you"
〜あなたが欲しいのよ……分かるでしょ？　もっと危なく、愛してよ……〜

あなたを独り占め出来なくて、今夜は夢のランデヴー甘い罠♡媚薬めいたkiss
愛したくて、おかしくなりそう……本当は、あなただけ、愛してる……

Say Good-Bye☆嫌なら、Bye-Bye……それでも、ずっと待ってるよ……

二人の愛が冷めないうちに
あなたからの、Action待ってる☆危ないあなただけの、愛が欲しい……
〜彼が流れ星に、かけた願い事が、叶ってしまう……その前に……〜

エンドレスに熱く、口づけて……あなたが一番感じるから……
私の体、気持ちいいから、今夜気の済むまで、手に入れて……

Uhあなたが依々……もっと、色んなコト、試そう♡
銀河パトロールLovin' you♡あなたの包囲網くぐり抜けて……

✿LOVE♡KISS銀河系RADIO ID♫
〜Luv Playlist Still feat. Tune♡〜

銀河船BEAM✿君をLockonしてる☆
未来とは愛♡まるで貴方だから!!! 音楽のシャワーを浴びて、ダイナマイトHEART君を求めてる……
〜 Todayこの頃切ない未来が壊れていくイメージ……Butあたたかい春の陽射しが、応援してる……〜

五線譜に未来音楽系アレンジ♫愛がラブキュン♡あなたと歩いていきたい、これからも……
ねぇ？ そろそろ現実世界に、イリュージョンしていかない？ あなたを、デートに誘うから♡

大事にしてくれる？ 完璧じゃなくても……それとも、怖くて、信じられないかな？ 相性はどうかな？
あなたとなら、どこへでも行ける気がしてる……私と一緒なら、K・I・T楽しいよ☆

〜今まで苦手だった所、行きたかったアミューズメントetc.ついてきて??
ジェットコースターより、青春アトラクション✿ずっと待ってた、未来現実……〜

終わりそうな予感は何かが始まる合図☆もう、切なくても、ずっと一緒に居よ☆
あなたに恋キュン♡その瞳と視線合わせて、テレパシー♡伝えてみたい……

もう、魔法にかかったより
So愛かな?? あなたのハート全て恋しい♡願望全て叶えよう……
〜甘える仕草も、わがままな愛しさも、心地好いIce Cream TeaTimeさえも……〜

ずっと待ってた……あなただけを見つめてきたから……もうCallしちゃいたい……
重なり合った心と心を結びつける証なんてLove Songだけで依々と思っていたけど

二人でいられたら、何もかも夢みたいで、So今、私は、未来世界にタイムトラベルしている……
君を、ギュッと☆大切にしたいから、ねぇ？ もっと心の声、伝えて……

何もかも消えてしまう前に……未来に、辿り着こう☆そしたら、K・I・T大丈夫だから
何が起きても、私の心、離さないで?……目に見えない、何かを信じよう☆

ずっと夢見てた……あなたと、ここまで来れて……異世界にさえ、迷い込んだけど……
もう、手をつなごう☆あなたを、あたためたいから……笑っていたいから……

二人だけのお城に……夢見てたWonderlandは、これからも、続いていく……
ホントは、Pureで泣きそうなあなたに……いつも、やさしいから……

あなたが、いくつになっても、泣いても、笑っても、ケンカしても、ずっと、大切だから……

素敵な夢を、輝かせて、あなたらしくいられるように、私も、頑張るから……

信じられない時も……
そばで見守っていてくれたあなたに……心も体も、もう寒くて仕方ないよ……温もりが、恋しいよ……
〜君に、抱きしめられるだけで、涙も、何もかも癒されていく気がするの……〜

ずっと頑張ってきた二人に、きっと素敵なコトが待っているから……
どんな時も、ありがとう♡あなたとなら、泣いても、ケンカしても、愛し合って、生きていけるよ♡

いつまでも、笑顔でいて欲しいから……　私は、風になっても、守っていきたいから……
貴方の歌声を、ずっと響かせていてね……ほら？　未来現実に、ワープしていくよ……

未来の続きを、二人で作っていこうよ☆世界中のLove Songを、君に、プレゼントしたいから

貴方がこの物語のヒロイン♡夢のような夢を、現実に……

春色のメロディーを、君に……
二人で、Love Songでも奏でてみようか？　LaLa君のハーモニーと、共鳴して……
〜君が幸せなら、私も、幸せだから……君が泣きそうなら、私が抱きしめてあげる……〜

君に気付かれないように、いつも君を想ってる♡不思議なことがあるの……魔法がかかったように

世界が変わる瞬間、いつも、心の中に君がいる……君を想うだけで……

だから、君は魔法使いだよ、やっぱり……あなたには、敵わない……
貴方とめぐり逢えた偶然みたいな、運命に、感謝して、私も、愛を歌うよ……

あなたと、一緒に歌ってみたい☆K・I・T愛のLove Song♫L.O.V.E.夢を君に……
ステージで、歌って、輝いていて♡　その歌声が、愛を守ってくれるから……

♡未来現実🎀ロマンティックが止められない……
～LOVE♡KISSずっと夢見てた……～

すれ違っていくプライベート……
いつもスクリーン越しに、瞳で追いかけて……あなたのタイプ聞いて、切なく揺れるSLAP LIMIT☆
～私だけを見ていて欲しくて、離れられないまま、BOY FRIEND探して、フェイドアウトの予感……～

あなたが笑う度に、微笑(わら)ってしまう……HEARTは壊れそうなのに、ねぇ？　私の名前を呼んで？……
君が撮ったポートレート♡ピンクムーン不思議なプログラミングが、この先の未来に続いているの？

一風を追い越していく☆自動運転Level5DRIVE行こうよ☆叶わない想いを微熱めいた体で
あなたとはしゃぐ未来(ゆめ)が壊れても、今だけは、So無重力の世界で、夢なのかな？一

タイムスリップしてしまいそうな、危ない感覚で、あなたを守りたいのに、時間が止まってしまう……
あなたとは、永遠にさよなら……未来は、もう分からない……君だけが、私のRealだったよ……

君を瞳に映さないまま……
あなたの心さえ、分からなかった……悲しい涙は苦しすぎて、エンドロールに包まれたまま……
～一緒に幸せになれるって、So信じてた……もう真実さえ、見つけられない……愛なんて……

悪い夢を見ているようだよ……もう何もかも忘れさせて……私は、これからどうしよう……
瞳を閉じて、タイムトラベルしていく……あなたのいない銀河(せかい)にワープしていく……

いつも甘い予感リフレインして君に恋してた……昨日までが遠い昔のように、懐かしくて……
想い出の曲を聴いてる……涙は零れないままで、君を嫌いになれない……

もう忘れてしまってよ？……あなたに似合う素敵な人と幸せに……
私は大丈夫　行き先は、聞かないで……

素敵なエンディングが待っているのに
大切なものは、失くしてしまった……あなたはきっと私がいなくても……
～いつも心は君のことばかり求めては、満たされて、傷付いて、寂しかった……～

誰に愛されても、どこか虚しい世界は、君がいるだけで、虹色の世界、幻想(ゆめ)を見てた……
多分、消えてしまうしかないけど、最後に声が聴きたい……なんて……

今、私が消えてしまったら、どうなるんだろう？　怖くて、泣きそうだよ……

あなたにCallしたら、どうするの？　飛んできてくれる？　なんてね……

あなたの言葉を、いつも信じられなくて
傷付いてばかりいる……どこにも帰りたくなくて、迷子になっちゃったよ……Ｓ・Ｏ・Ｓ……
〜いつも淋しくて、強がっているばかりで、心は傷付きすぎて、あなただけが私の太陽だよ〜

あなたの声が、今聴けたら……
Ｋ・Ｉ・Ｔ未来も変わるのかな？　私のことなんて、ただの同情でしょ？
〜ねぇ？　私の名前を呼んで欲しい……あなたのその声が聴けたら……生きていける気がする……
〜

いつもあなたが見えなくて、気持ちなんて、分からないよ……心はいつも、壊れそうだよ
あなたのあたたかさに抱かれて、甘えすぎたのかな？　もう一度、信じさせて？

悲しい空を見つめてる……カフェの窓越しから、君のイメージが映っては消えて……
ねぇ？　どうして、あなたなのかな？　あなたが一番癒される……

切ないリフレクションねぇ？　あなたに出会う前は、世界は、こんなに輝いてなかった……
あなたに出会えたあの日から、私の全ては、救われたんだよ？

あなたの差し伸べてくれるその手を
もう一度だけ、信じてみたいよ？　私がこの世界の何もかもを諦めてしまう前に……
〜ねぇ？　人の心なんて、誰にも、分からないね？……だから愛ばかり、求めてしまう……〜

私の瞳に、本当のあなたを映してみたい……あなたは笑ってくれるのかな？
いつもやさしくなくて、ごめんね……あなたがいないと、息が出来なくて、苦しいの

あなたのうさぎになりたい☆可愛がってくれるかな？　そばにいさせて？
ずっと、ギュッとしていて欲しいの　困らせても、離れていかないで……

いつも瞳で追いかけて、あなたとFairy Taleで終わらない夢を見て……

二人だけのWonderlandで……
これからはネガティヴな感情も、聞かせて？　あなたの悩み事や、本音を……
〜そして、どんなことでも愛し合える距離感で、♡未来現実✞あなたがいる世界なら……〜

―♬魔法クオリティ LOVE♡KISS PLANET☆
謎解きは永遠に Addicted to Mu♡―

銀河系サプライズ♬夢は夢のように叶っていく……
あなたの瞳Lockon☆見つめ合った瞬間ときめきセンチメント・フィーバー☆このままHugして
しまうから……君も、ギュッとして？♡
～素敵な愛のままで、永遠を誓うメロディーは、風に溶け合って、銀河中キラキラsympathyが
lala未来（わう）も、現実（リアル）も……～

君の心にそっと触れるだけで、壊れそうなPure Eyes♡夢（ゆめ）でも幻想（まぼろし）でも、何でも依々と思ってい
たけど……
☆タイムスタートラベル☆ハネムーンパーティー✄君にAddicted to Mu♡魔法がかかったみた
いさ……

♡君は僕の世界のお姫様✄切ない涙を、風にささやくように歌っている……儚いスウィート
Flower♡
あなたがいれば未来現実（このせかい）も、生きていける……やさしい女神……永遠に、プロポーズしたい……

僕の本気モードLoveMe♡
未来世界に届けてみせるさ!!!　貴方がBASS CONTACT♬恋の重低音、響かせていく……
～もう今には、いられないさ……時空（とき）も空間（ここ）も、プラトニック・ワープして、君に逢いに行く……
～

So君とは、魔法クオリティ☆グランドセンスで、愛をビッグバン（ぎんが）させる、二人のL.O.V.E.
貴方は、僕に惹かれる宿命……何処にも行けないさ……銀河の法則

愛を、君だけに……プレゼントしたいのさ……だから、此の手を離さないで、そばにいて？
永遠に消えてしまいそうな愛の謎解きは、君と見つめ合っていたいのさ……StayWithMe

春めいた街並を、歩きながら、君を探して、デイドリーム・イメージ♡いつも君といる感覚
寂しいかもしれない……何もかも叶わないような、時に不安の渦、飲み込まれてく……

君をデートに誘ったら
OKしてくれるのかな？　ねぇ？　二人の未来現実、何気なく、スタートさせない？
～傷付く勇気を持って、スクープされても、君と青春One Life温もりを、一緒に笑って……～

もう待てない……どんなことでも満たされない、歌っても、魔法音楽クリエイトしても……君に会
いたい
笑顔の君を抱きしめて、観覧車の中で、キスしようか？　時間を止めて……

どんなデートプランでもいいなら、僕に任せて☆K・I・Tもう離れられない
毎日のように、メールしてもいいよ☆いつでも声を聴かせて？　もっと頼って??

どうせなら物語を脚本にして……
いっそのこと演じてみようか？　貴方と、愛がしたい♡他には何も要らないから……
〜君の夢を……二人の未来を……一緒なら、きっと

今こそ、信じて☆時は、リアルにワープしようとしている……完璧なシチュエーションじゃなくても……
君と私は、奇跡を起こせる☆So銀河中に、たった二人愛の女神だから……

傷付くことを、怖れないで？　ZEROからスタートする、勇気を……くれたのは、君だから……
今度は、私が、君のハートに、魔法をかけるから……パーフェクト・ファンタジーから、抜け出して!!!

〜貴方は、今幻想現実の世界にいる……痛みを感じない、パーフェクト・ワールド
僕のCallを……君からのアプローチを、未来世界につながるアクションを……

幻想（ゆめ）から覚めて？？
大切なものを守るために……夢のような夢を叶える時が訪れた……
〜僕は消えてしまいたい程、怖いけど、それよりも、その先の未来が見てみたい〜

タクシーに乗って、目的地へDriving☆傷付けてしまうかもしれないけど、不安より、君が好き!!
精神崩壊されても、ハートが壊れてしまっても、ヤバイ恋の序章だから……

君が分からない位、僕の愛は無限大♡まるで銀河のようだよ……
ドクンと胸打つときめきは、恋のカケヒキ攻略して、君のハート独り占めしたいよ

危ない存在でも、君を守る騎士（ナイト）に☆君はプラトニック・ラブで満足?!?
謎解きは永遠にAddicted to Mu♡君の口唇に、耳元に、首筋に、それから……
体中に口づけて、危険信号、点滅して、壊れても、止めないから

あなたの名前を呼ぶ度、胸がキュンとする真夜中のサティスファクション♡

あなたの声、もっと聴かせて？　LOVE♡KISS HOTELで時間が止まるまで……

☆ 超 VINTAGE騎士 ATLAS HERO ☆
—❀流れ星CONCEPT ♫異世界浮遊感覚♡—

僕は次世代天国で永遠の夢を見ているのか？
あなたの側で笑っている未来に辿り着いているのか？　今はまだ分からない……信じる程、怖いものはない……
〜あなたを忘れることが出来るのか？　Ah只、僕はパラレルワールド迷い込んでしまった……そして、君を見つけてしまった……〜

愛はまだ見つからない……全ては幻なのかもしれない……体中に流れる音楽だけは、異世界浮遊感覚……
僕達は物語の世界でしか、生されないのかもしれない……未来は、彼方の惑星、いつか地球が誕生したように……

あなたの感情は、不安を言葉にしないことで未来を現実にすることが出来るのかもしれない……そして、僕も……
君と似たような光を感じている……ネガティヴな暗闇の中で、一筋だけ、So未来への扉……

あなたを愛しているのかもしれない……触れられなくても……君を感じている……見つけて欲しい……此処にいる
説明は要らないと言った……本当の僕は……So何処にも、存在しない……

自由なんて、興味がない
君に会いたいと歌ったフレーズさえも遥かな宇宙空間へ……時間は止まっている……未来は、叶ってしまう……
〜あなたをドキドキさせる騎士に……流れ星にさえ願ってしまうよ……想い合っていけるかな？〜

君と出会う為に、全ては仕組まれたシナリオ、運命は時に残酷で、素晴らしい贈り物……
あなたの手をつかまなければ、何の意味もない……分かってはいるけど、勇気が持てない……

永遠に、夢の中で生きるのか？　現実を感じて、傷付くのか？　答えは、もう分かってる……
未来は、楽しいことばかりじゃないかもしれない……それでも、きっとキラキラしている……

あなたと分かち合って、愛し合って……儚い願いでも、それが全てなんだよ……
時計の針を気にしなければ、異世界浮遊感覚……只、ドラマの中で、僕だけを見つめて？

君は、やさしく抱きしめて、泣いてくれる……こんな人に、僕は会ったことがない……
壊れたハートを癒してくれる君の愛に、僕も、涙が零れてしまう……

銀河中の全ての出来事が、映画のような人生の中で、見つけた愛だけが、
僕を突き動かす……生きる力が湧いてくるんだ、全てを守るパワーに……

あなたのことは、多分永遠に、僕の中にある遺伝子が、君を憶えているから
奇跡さえ起こしてみせるよ☆パラレルフューチャーまで、一緒に向かおう♡

僕はきっと、どんな人生でも
何度でも、君を見つける……So直感で、分かるから☆一緒に、幸せになろうよ？　異世界浮遊感
覚で……
〜描いたストーリー想像以上に、リアルは素敵なラブソングみたいかもしれないよ♡〜

君を抱きしめるまで、僕は諦めない……瞬間きっと何かが生まれる☆ビッグバン?!
あなたと惹かれ合ってしまう運命の下で、星の数程のドラマが続いていく……

Ah僕にとって、愛とは、まさに、君だ!!　最高切ない気分だよ☆
ラブストーリーは終わらない♡あなたの為に予測不能な展開に!?

不安にさせちゃう、意地悪じゃないんだけど、ドラマティックに、世界は色付いていく……
日常は、奇跡を願う愛のパワーで、創られている、当たり前は存在していない……

世界平和とは、
どんな時代でも、愛と共にある、大切な人を守りたい気持ちを、解き放つ……
〜時に、傷付け合って、泣いても、笑って、支え合う……あなたを、愛している……〜

消えてしまわないで？　未来に辿り着かなきゃ、全ては泡になって、消えてしまう……
愛の日記を、Love Songにして、歌い続けよう☆あなたの歌声に、救われる人がいる

虹色の気持ちを君にプレゼント♡素敵な未来が現実になりますように……
大切にしてくれるか、不安だけど、君への気持ちを、So歌ってしまいたい

全てを、抱きしめて……
自信がないけど、君しか映らない……景色はスローモーション……乾杯のグラスを、君と……
〜君の心さえ、分からないけど、感じるときめきだけは、異世界浮遊感覚……〜

いつの間にか、君に夢中☆素敵すぎると、遠ざけたくなる……素顔を、もっと教えて？
一緒に暮らしてみたいから……But It's Only Wonder land……

君の寝顔にそっとkiss♡今日は、青空だから、何処か出掛けようよ☆
ミックスフルーツジュース作ってあるから……夢か現実か分からなくなっても……

V

♡未来現実✾ロマンティックが
止められない……
～LOVE♡KISSずっと夢見てた……～

夕涼み祭り―♡浴衣・髪飾り……
―物語キラキラ☆君と夢じゃないの？―

大好きな君と、夕涼み祭り♡キラキラ光るかんざしを買って……
時は、ワンダーワープ☆巻き戻っていく記憶のドキュメンタリー☆大切な君と、笑って手をつないで、平安―、切なかった……
〜此れだけは、手放したくない……君を想って、まりあみたいに、世界一大好きな人と、幸せになりたい……〜

浴衣の髪飾り……君を探して、手を振って、ずっと会いたかった……やさしいSmile♡物語は、未来世界?!☆
あなたの話や声を聴くだけで、全てが癒されて、いつの間にかSweet Smile取り戻せてた……

―君を、いつも抱きしめたくて、妖精みたいで、触れることさえ、拒んでしまう切ないロンリネス♡
あなたの夢を応援するだけで、満たされていくファイティング☆似た者同士!? ♡―

金魚すくいしようよ？　一緒に、家で飼おう☆得意じゃない??　ほら、こうやって……三匹ゲット♬
君といると、やさしくなれる♡……I LOVE YOU☆なんて、云えないけど……いつも、想っているけど……

夕闇の空に包まれて、屋台のネオンも、未来色に、君を彩るよ☆ずっと夢見てた……いつかの夢景色……
愛してるよ？　なんて、君を抱きしめて、独り占めしてしまいたいよ……大切だよ……

あんず飴でも食べようよ♪
水あめに、Laughing♪君といると、時間が止まっているみたい……
〜君からのバースデープレゼント♬メルヘン音楽♡宝物……タイムトラベルより、MIRACLE素敵♡〜

ねぇ？　かるめ焼き食べる？　ダーツは、LIKE？　君となら、何でも、宝物!!!
LOVEエキサイティング☆ガラス細工は空くじがないから、やろ♡

スマホで写真撮って、想い出作り♬叶うか分からない未来（ゆめ）さえも、夢見ていたいよ……
あなたを大切にしたい気持ちは、変わらない……Make Smile☆笑顔にしてあげるよ

本当は、まだいつか消えてしまおうかなんて
考えてしまう心の闇を癒してくれる、救いの女神みたいな存在……君の言葉、信じたいよ……
〜ベビーカステラは、おみやげ☆子供っぽくて、ごめんね……君と、食べたい……〜

ブルーハワイのかき氷が、お気に入り☆君の心だけが分からない……Love Heartリアルに切ない

……
手をつないだら……もう離したくない……淋しがり屋だけは、昔のままだけど……

君と観てた深夜のアニメ☆君のエンディング曲
Wonder Warp☆切なくて、これからも、夢を見させて？　あなたの夢を、終わらせないから
……
〜君の好きなアイスクリーム、一緒に食べよ☆色っぽい浴衣姿の君に、胸キュン♡ずっと、触れたくて……

あなたとセンシティヴなLOVE♡KISSのシチュエーション☆未来（いま）も、君ばかり、求めてる……
その手に触れたら、瞳の合図で口唇を合わせて、誰も見てないよ？　舌を絡めて……

甘酸っぱい君との青春LOVE♡ずっと夢見てたから、あなたとこうしてテレパシーつないで……
これからも切ない恋かもしれないけど、いつまでも恋人気分ラブラブでいたい♬

あなたのことがもっと知りたい♡分からないことだらけだから……どんなことでも、ときめく☆
ずっと一緒に居たいよ　流れ星見つけたら、君のことを想うよ……

物語は、未来（ゆめ）への架け橋☆
あなたを、未来世界に、連れていってあげるよ♬ひとりだと泣いていた私を、笑顔にしてくれた♡
〜君は、私にとって、愛だから☆君がいるだけで、世界はキラキラ晴れ渡るよ♬〜

だから、辿り着こう？　物語を超えて、君とただの言葉ではない魔法の本の力を……
信じてきた愛の温もりや夢を叶える未来のスタートラインを、ダッシュして……

だから、溶けかけたアイスクリーム食べながら、一緒に帰ろう♡色んな話して……
私達のSweet Homeが待ってる☆手つなごうか？　君は、いつも笑ってくれるから……

生まれてきて、君に出会えて、本当に幸せだよ☆あなたを、見つけられた……
そして、見つけてくれたね？　生まれてきてくれて、世界中に、感謝だよ♬

次回作も、楽しみにしていてね♡
銀河よりかけがえのない宝物を、君とつながっている全てが……
〜いつもあなたはプレゼントしてくれる……今は、君のブログに癒されてる……〜

KIRAちゃんみたいに、ギュッと抱きしめたいよ☆つかめない君だから……
追いかけちゃうのかも……But気持ちがつながっているから、夢中になれる……

世界一大好きな人は、君だから……いつまでも幸せでいたいな……
大切な君と、笑って、手をつないで、一緒のSweet Homeに帰りたい……

☆メルヘン・フラジャイル☆
—銀河船BEAM♡テレポーテーション♬—

抱きしめていたい、このまま、此の未来銀河に飛び立っても……
あなたの瞳は、愛を見つめている……感覚の鈍い私は、その瞳を逸らして、—銀河船BEAM♡テレポーテーション♬—

もう異次元ワールドに、行ってしまったのかな……永遠光年、来世の夢は、Uh只、叶わぬ夢を見続けていたのかな
アンドロメダ星雲浮遊☆メルヘン・フラジャイル☆全てが懐かしい……それなのに、新世界に、胸は高鳴る……

❀銀河ジュエリースイーツ♬LOVE PLANETで見つけた💎宝石カフェ♡君がいてくれたら、良かったのに
未来系パステルカラー☆夢みたいな色彩に、ロマンティックなFlavor☆……恋しちゃった、うさぎさんが遊んでる……

「こんな所にいたの??」甘いドレスをまとった君が笑ってる……「丁度良かった☆デートでもしない?♡」
「えっ?」「ほら、魔法をかけて、不思議な時間惑星は、夢描いた通り、願いが叶うみたい☆」

君の瞳を見つめたら、—銀河船BEAM♡テレポーテーション♬—エンドレス、愛してる……恋しい♡、ずっと探してた……
「ほら、あなたの本音☆だから、ずっと一緒って、言ったでしょ? この物語のトリックは……」

「❀トロピカル・ファンタジーカクテル♡」はいかが??☆Dreamin' Bar♬MUSICのように味わいたいLOVE GAME
「銀河列車で、色んな星に行ったけど、愛にめぐり逢いたい……Soあなたを、ずっと探してた……」

「ミラー越しに眺めてた未来世界♡」透明な君の秘密を、またひとつ、作ってあげる……
もう瞳を逸らしても、私を離さないで……ありのままの君でいいよ♡

完璧なミスコード♡不思議な感覚で、あなたとMake Loveしていたい☆「もっと近くに、行っても、いい?」
見つめ合うように、離れていく……それでも、惹かれ合ってしまう……❀Jewel Song♡で、現実を……

♡センチメント・フューチャー❀♡魔法銀河系タイムマシーン♡で過去も未来も、今さえも、夢は叶う……
見つめ合う瞳は、色めいて……恋に堕ちたみたい……素敵なLoveSongが生まれてしまう……

❀DIAMOND STAR☆銀河ジュエリー♡デザートは、あなたとLOVE♡KISS甘く、切なく、感じ合いたい……
Jewelグラスに映る―銀河船BEAM♡テレポーテーション♬―の魔法秘密を……

あなたの愛だけ欲しい……☆銀河系伝説☆さえ、永遠の逃避行……♡メルヘンカクテル♡生放送中
ドラマの続きを、スターティングさせよう♡スパークするようなWonder☆恋をしよ♡
何もかもが永遠に消えていく幻想時空(とき)の中で……
あなたの声が聴こえる……千年後の世界で、まためぐり逢いましょう……奇跡を、信じているから

まるでパラレルワールド☆異世界の秘密さえ、銀河財宝探しに、アンティークshop覗いて……
BASS SLAP☆重低音の未来ミュージック♬First Impression♡愛を見つけてしまった……

胸のざわめき♡夢のメリーゴーラウンド❀踊るように歌う、君の光る汗が、時空を超えた……
Still I miss you―銀河船BEAM♡テレポーテーション♬―LOVE♡KISS PLANET☆クラブハ
ウスで踊って……

ミラーボール、クルクル回るハイテンション♡君に触れたい……甘い吐息を、誰にも、聞かせない
で……
もう、プロポーズするしかない☆アンティークshopで見つけた、光る指輪を、君に……

懐かしさに似た愛のときめき♡スパークリング……shooting Star☆君こそ、流れ星……
願い事を叶えて?―銀河船BEAM♡テレポーテーション♬―DRIVEしよう!!!

君が誰を見つめていても、そんなこと関係ない☆ゆるふわロングヘア♡妖精のように、揺れる君♡
MEMORY思い出が足りない……そんなのこれから作ればいい♬

危ない電光石火☆BASSをテクニカルにスラップ弾いて、Rockに歌うから☆
いつの間にか君が見つめている眼差しに瞳を合わせたら、夢中になる

君だけを見つめてる……今すぐに気付いて?―銀河船BEAM♡テレポーテーション♬―Let's Go
タイムラグがおかしい……時空がバグっている……それでも、君の手を、離さないから……

未来世界へ行く約束を……どんな惑星でも異次元銀河でも、君とめぐり逢うDestiny♡
君は笑っているの? それとも泣いている?? 退屈にはさせない☆奇跡を、起こそう……

やさしい笑い声が聴こえる……
「未来世界へようこそ♡」「えっ??」あなたに会いたくて、未来世界で待ってたの☆

何もかも夢だったのかな? それでもやけにリアリティーに憶えている……デートの続きは? 踊
る君は?
「一緒についていっちゃった♡」じゃあ、あの日、あの時、君も一緒にいたの? ☆?
「ほら、パーティー始めよ☆夢の続きを……」―銀河船BEAM♡テレポーテーション♬―
「新曲歌うから♡聴いて?」夢でも幻でもないリアルな君のファンタジックな歌声……

♪魔法音楽豪華客船❋世界一周旅行 ～ハネムーン夢見心地プレゼント♡～

ファンタジックな未来世界へ行こう☆
未来の君と歩いてる……デートのお別れ、タクシーつかまえて、君にそっとプレゼント♡受け取ってくれる？……

Birthday CardにSecret Date暗号解ける？　ジョイポリスで待ち合わせ☆君は来てくれるのかな……
Tonight銀河パトロール始動して、二人を守ってくれるよ❋まるでタイムマシーンに乗る感覚♡

君の瞳にLock Onされた後ろ姿、抱きつかれたら、ヤバイかな？……
ジェットコースターは苦手って聞いていたけど、アトラクション一緒にスリル☆楽しもう♡

君のハートは、いつもドキドキする……だって、いつも愛を求めているでしょ？　次世代遠距離恋愛
君の考えているコトが、何となく伝わる……さりげなく手を繋ごうか？　思わずパッと離しても

センチメントなラブストーリーのプロローグ♡君の瞳を見つめられない……そんな風に笑うんだね……
このまま抱きしめたいけど、エキストラ、周りが気になる……変装も、バレないかな……

ときめきとスリリング、同時に味わって、素敵な君のSmileに、初めてのリアルな君に……
「エアーホッケーする？」胸がバクバクする……君は、楽しそうなのに、ハートめがけて、スマッシュ

お互い自由になれるよ☆不思議だね？　これから、何処へでも行ける♡君の全てを守りたい
♪魔法音楽豪華客船❋世界一周旅行～ハネムーン夢見心地プレゼント♡～二人きりで、行こう☆

ペアリング、お互いに、手作りして、宝物にしたい☆マリッジリングも、作っちゃおうか♡
キャンプとかしてみようか？　LEDランタン、テントの中で、眠れない夜を過ごそう……

カラオケで君の曲一緒に歌おうか？　ハーモニー合わせるよ☆コラボとかしてみたい❋
夢の中でも逢えるんだ……目覚めたら、横に、君がいて欲しい……

♬魔法音楽COSMIC LESSON♡愛の謎を、二人で解き明かそうか？？
So秘密めいたL.O.V.E.君とEverynight探り合いたいLOVE♡KISS

あなたとなら、どんなプライベートも、恋のスパイス♡気持ちイイことも、色々試そう☆
銀河中、まるでミラクル♡君と出会えたからだよ？　大切にしたい……

神話さえ銀河系生放送中☆Real Fairy Tale ＝ 未来現実此処は、Wonderland♡

♡Future Café❀シークレットメニューさえ、プロデュースしてあげる☆

あなたにはスペシャルなサプライズが似合うから、とりあえず乾杯❀
君の大切なペットも、可愛すぎて、BGM流れる♡SWEET HOME♡辿り着こう……

ファンタジックな未来世界へワーピング
Cool Firstにキメて、君にとっておきのプレゼントを♡返事は、待っているから、未来で逢えたら
……

オーケストラコンサートも、夢を乗せて、未来世界に届いたら……全ては動き始めているよ……
君の歌声が、一番素敵だから、いつまでも、耳を澄ませて、銀河中に、響いていくよ……

☆星空に、LoveSongを……♡虹色の風に、幸せな、メロディーを、やさしく、歌って？……
君が好きだと気付いたから、未来を現実にするよ……いつも、ありがとう♡

君の気持ちも、想い出も、大切にしたいから……離れてる時間も、自由を優先して☆
あなたの瞳は、私を惑わせる……不思議な世界に、迷い込んでしまう……

歌のレッスン途中次世代デート☆君とつないだテレパシーで、星さえ、誕生してしまう……
あなたの愛が私の生きる意味♡甘酸っぱい青春今も、君に恋してる❀

First Dateは不安とサスペンスButやさしいときめきと不意に触れる温もり、夢みたい……
今夜はきっと眠れない……気まぐれなLINEも、ずっと待ってしまう……

君のいる時代に辿り着いたよ……
時間を超えて、ほら、君を笑わせるから♡銀河中のパワーを、味方につけて……

ファンタジックな未来世界へ、もうイリュージョンしている☆銀河のプロポーズ……
君を想うと、いつでもFirst Impression♡本気な君がI LIKE☆

ヤバすぎる位がLUV DELIGHT♬あなたをそっとこの腕に抱きしめて……
君の光になりたい……二人きりのWonderlandいつまでも夢を見よう？……

～❀うさぎメルヘン・コンセプト♡
ミルフィーユkiss♡君のペットにして☆～

甘いFairy Tale Flavor一瞬にして迷い込んだWonder land
振り返った君が瞳を逸らした……Ah此れはK・I・T夢の中Butやけにリアル"一緒に行こう"って
君が手を引いて
―センチメンタルな風が吹いた……未来より切ない君の横顔零れた涙、気付かれないように、私達
は……―

"元の世界には戻れないんだよ☆時間は巻き戻せないんだ♡只、君に出会えて、Happiness、抱
きしめたいんだ……"

つないだ手と手☆此の温もりは、幻想なんだって……　このままじゃ現実世界に辿り着けなくなる
……
"君の悩み事は何？""話し相手が欲しいな……"So淋しいんだ……"此処は天国じゃないよ？　だ
から……

何でも話して？　って君は言うけど、この世界も現実なんかじゃないんだ……"じゃあ望む願い
事って？"
"辛いコトがありすぎて……"君はいつもベッドの中で、独り泣いているね……"誰にも云えなく
て……"

"少し抱きしめさせて？"君はふわっとうさぎみたいに、包み込んでくれた……あったかいねって
このまま一緒にいられたら、K・I・T幸せになれるよ☆幻でも、未来を信じて……

君はいつも、泣いているの？
私がギュッとしてあげるよ☆あなたが大切だから……"君のペットにして☆"うさぎになりたい
……

このまま消えてしまいそうなんだよ、本当は……誰にも頼れなくて、それでも、一人でいたい……
あなたの胸の中は、あったかいね☆ホットココアみたい♡愛してるよ……なんて☆

私なんて、どうでもいいんだ……青空は綺麗だけど、私の心の中にはダークな雲が流れてる……
嵐が来る予感……"知ってる？　嵐が吹き荒れたら、空は快晴になるよ☆"
Andそういうマニアックな曲も好きでしょ？　ワクワクしちゃうよね♡

あなたと出会えて、So私の世界は輝き始めた……間違いじゃないこの瞬間……
私達は恋に堕ちた……東京は燃えてる……この感覚こそが、生きてるってことなのかな……

このまま、あなたといられたら……
幸せかもしれない……君とは何があっても、太陽の光のように、青春OneLife♬

―どうしても伝えたいコトは、So言葉なんかじゃないんだ、君といつでも、居たいんだ!!―

毎晩一緒にベッドで眠れなくても
今だけは、そっと側に居て？　あなたが、Soその温もりが、恋しくて、涙が零れて、癒されるから……
―切なくて、甘いフレーバー☆kiss & Hugいつでもプレゼント♡君にあげる……―

いつも寂しいのに、見守っていてくれてありがと☆悲しませて、ごめんね♡君の夢を応援してる……

時々は、声聴かせてね？　君の近況が知りたいよ……本当は君だけが心の支え☆

壊れそうだよ……いつまでこのままなんだろうって……自分が変わらなきゃって思うんだけど……
いつかは夢のような世界に辿り着けるのかな？　誰でも心は自由だよね？

私の色々なコトが誤解されていても、愛だけ抱きしめて、現実未来へと連れ出してくれる
大切な人達と、Love & Dream未来(ゆめ)の行方は、神様だけ知ってる……自分を信じて……

あなたと淡い幻想に包まれて、その頬に触れて、今すぐkissしてしまいたい……
うさぎみたいに、ギュッとやさしく、抱きしめて……So此処は現実世界……

もう私は、君しか愛せない……
あなたとこれからとこれまでの色々な話をしよう☆メルヘンパーティーサイレンス♡……
―悲しい予感の中でいつか変わっていく未来の行方を、彷徨いながら、ほら、行こう……―

銀河船の操縦を任されて、まるで銀河タイムトリップ☆素敵なトコロに連れて行くから
あなたとTea Time♡甘いミルフィーユ崩したり、R&B TEAグラスを眺めながら……

あなたと叶えたいコトがいっぱいある☆それは銀河に煌めく星座の願いのように……
君を見つめてる……今夜のBGMは、全てを叶えてしまうようだよ……笑って欲しい……

あなたのうさぎになるから……今夜だけは、甘いハグして、キスして？　大好きって心で感じて？
切ない未来(ゆめ)を見ているよ……窓から映るガラスの夜景後ろから君がギュッと甘い吐息絡ませて

"淋しい夢を見る前に、未来を信じようよ？　あなたは月明かりより切なくて、恋(いと)しいんだよ
……"

もう一度、信じてみようよ？
あなたをK・I・T抱きしめるから……今、幸せに包まれて、生きていることに気付いて？
―温もりは、私も切ないんだよ？　君が元気じゃないと、不安になるよ……―

♡Fairy Tale Flavor♡どこからか香ってきて、私達は不思議な虹色の光に包まれて……
So私達は、実は同じ　Wonderland迷い込んだのは、未来世界一緒に辿り着く為……

❀真夜中のCOSMIC DRIVING☆
～ときめきながらOne Life過ごせますように～

❀LOVE♡KISS銀河系タイムトラベル
甘酸っぱいCome With Me Remix♫真夜中のドクン・ドクン胸打つ危ないときめき……魔法
キュンハートカクテルの味
～銀河旅行スタートshooting☆貴方の全てがエクスタシー♡もっと近くで感じたい……甘い吐息
も……～

☆Twinkleティンカーベル♡LOVE DREAMING……貴方と私は、もう出会ってしまった……夢
から覚めたら
君のハート狙い撃ち♫魔法ノートで奏でる❀LOVE♡KISS銀河系♫クリエイト・プレゼンテー
ション☆

♡神様ロマンチスト♡不思議なメロディアス・リリックsinging♪貴方だけに響かせたくて、Let's
☆
もう一度聞かせて？　メロウな本音も……愛が欲しいの？　恋しくて……夢の世界に現れて……

Valentine Midnight会いたくて……次世代デートも、あなたに触れたい……
一☆スペース時空トラベル☆君とWonderland……異世界に、行っちゃいそうだよ

LOVE PLANETさえ
ビッグバン♫永遠の星が、生まれてしまう……甘いときめきのまま、未来の約束が欲しい……
sigh☆
～銀河よりヤバイテクニックで、君をエスコートして、イカせたい……真夜中のシークレット♡

💎LOVE♡KISS DIA☆プレゼントの指輪も、君に渡せるのかな……Everytime貴方が恋しい
……
Wedding Dress♡青空のポートレート・イメージも、あのSpecial Romanticなイントロに……

願望が星空にちりばめられる星座のように……テクニカルなミラクルアンバランス☆
～貴方にテレポーテーション・プレゼント♡ディスプレイにTouchして、LOVE♡KISSしたい
……～

銀河よりヤバイ夢が叶ってしまう……感じる吐息も、真夜中に、もっと感じさせて♡
ミッドナイト・エクスタシー♡あなたも、感じているんでしょ？　もっと、感じさせてあげる……

危ない関係のまま、センシティヴな感情を、解き放って……どうして、君は……
言葉じゃない……綴ってる恋歌……ねぇ？　愛だよ……このまま君のいる未来へ……

もう、来世の二人まで、Lock Onしている☆Soタイムマシーンに乗って……
どんなシチュエーションでも……記憶を全て失っても……見つけてみせる……

※LOVE♡KISS銀河系☆グラスにR&B Remix浮かべて、タイムイリュージョン♡
君と、ひとつになれるよ……愛してる……

まるでデジャヴのループ
SECRET MESSAGE♡君は気付いてくれたかな？　貴方だけに、♡I LOVE YOU FOREVER♡
〜銀河中の何もかも消えてしまったとしても、※LOVE♡KISS銀河系♬に魔法ワープ♡〜

☆銀河レベルで、未来は守られていく!!　BLUE PLANET☆この惑星（ほし）を守りたい!!!
Uh歌ってしまいたいよ☆銀河LIVE HOUSE中に、奇跡を、shoutしたい☆

♡COSMIC LESSON♡君と、ためらうように、求め合っていくLOVE♡KISSねぇ？　今夜の夢は……
貴方を、もっとリアルに感じさせてね？……突然のメッセージも、ずっと待ってる……

今宵のDANCE PARTY☆揺れて踊る君の幻想を揺らめくように、抱きしめて……
あなたの夢は、どんな感じ??　星空見上げる、君の気持ちを……

メランコリックに、このまま消えてしまわないから、愛を、自分を、信じて？　そして聴いて？
LoveSong……
貴方の歌声だけ、胸の奥深くに届く透明なジュエリー♡銀河宝石みたい☆

一☆Lazy Dazzling♡君の秘密を、銀河TopSecret♡君の魅力を、輝かせてみせるよ……
君だけの青い宝石を……綺麗な涙でさえも……素敵な流れ星、銀河に流れるさ……

未来現実に、ログインするパスワードだけ見つからない……感覚で解く秘密の暗号☆
Real Loveに辿り着くプロセスに、君と、もっとつながりたい!!　もう魔法なんだ!!

Uh切なすぎるセンチメンタル♡
甘い気持ちで感じてるミュージック♡君がいるから、この世界は素晴らしい！☆！
〜ファンタジーのようなリアルに、まるで神話のように……次世代聖書♡〜

あなたとなら、未来を
生きていける……永遠に消えてしまいたいと願っていた愛のトリックとミステリー
〜貴方が、全て解決してくれた、Soたった一つの真実は、愛だった……〜

─❀魔法少女 LOVE ♡ KISS 銀河財宝♬─
〜☆Hide-And-Seek☆〜

永遠の罠にかけられて、絡み合うWonderland君を探して……
プラトニック・フューチャー何もかも夢だから……あなたと感じる全てが愛だと思う……メランコ
リック・リアリティー銀河中、宝石……
〜このまま未来まで行こう……素敵なあなたが離れないの……愛してるって感じて？　プロポーズ
しちゃうから♡

♡Sexy Cutie♡にキメて、君を夢中にさせちゃうから☆甘いキスはまだ駄目なの？　待つのは止
めたの❀見つめる瞳、感じて？
大切な宝物を教えて欲しい……未来カフェまで行ってみようよ♡天国みたいな感覚……

〜Everytimeカケヒキしちゃう♡恋人気分でいよ……もうすぐバレンタインデー♡君からのアプ
ローチ待ってる☆
クールなポーカーフェイスでどんなコト考えてるの？　Future Dreamin'♡次世代時間感覚……

説明はしない☆突然のキスで会話しよ♡これからは言葉よりも触れ合って……KIRAちゃんが教え
てくれたの☆
私生活テレパシーまで使って夢の中まで……君ってかなりヤバイ奴☆Uhタイプかも……

千年後の世界で君と出会えて、最高幸せ……
But史上最高切ない……大好きってハグしちゃってよ☆デートプランImageして、君なら、何で
も依々♡
〜二人きりになれたら触れ合って、kiss終わらないでしょ……君以外、何も要らない、永遠に……

あなたのことばかり求めてしまう……千年前から、きっと……あなたと愛し合った２千年前、秘密
のFall in LOVE♡
天国でも、生まれ変わっても、あなたにめぐり逢いたい……Forever Love♡素敵な銀河が誕生し
てしまう……

本当は銀河ミステリーが隠されてる……難しく考えないで？　大切なコトは、simpleなコトなの
♡
あなたと、ときめいていたい♡もう何処にも行かないで？　心変わりする前に……

あなたのハートを狙い撃ち❀
誘惑が渦巻いてる世界で、あなたしか映らないのよ……どうして？……愛を選んで……
〜行くぜ!!!　LA VIE EN ROSE♡夢ばかり追いかけないで、Action 3、2、1……〜

─あなただけを探してる……銀河パトロールしながら……♡First Impression♡未来までの時間
軸がおかしい

パラレル・ノンフィクション現実になるかもしれない
物語の続きは、今も分からない……大好きな人達と辿り着く……夢を叶えて……
〜愛は存在するのかもしれない……次世代天国さえ……叶ってしまうのかもしれない☆〜

一銀河中、巻き込んで、天からの恵み♡私達が、救世主(メシア)かもしれない……あなたの願いは……
愛は尊く、全てを救ってくれる……誰の胸にも、宿る……あなたの夢を奏でて……―

音楽は、永遠に世界を守ってくれる☆あなたの瞳は愛を映す為に……ずっと、そばにいてよ……
メルヘンサイエンス♡千年後の世界……未来色えんぴつカラー Jewelryクリエイション☆etc.

〜夢描いたまま、このまま行こう☆K・I・T素晴らしい未来が叶うよ♡あなたとだから、どんな世界でも……
Future Music奏でて、歌っちゃおう♬辿り着くWonderland、今あなたと迷宮ファンタジア♡〜

次回作も楽しみに待っていてくれるかな?
音楽より素敵な未来を、二人でクリエイトしようよ♬青空のカフェテラス・未来パフェ♡
〜何気ない日常も、夢のような世界に彩られて、あなたも私も恋に堕ちてしまう……

甘いときめきランデヴー❀君の胸に囁いて、Hな君に恋しちゃう♡脱がさないまま、心はHide-And-Seek
流れ星の夢も泡になって消えるの……グラスに浮かぶLOVE STAR壊さないように……

一迷宮パーティーも悪くない☆ハートは分からなくて依々……不思議な未来の扉を開いて……
あなたと離れられない心も体も……だから今夜はMake Love♡愛し合いたい……―

夢かうつつかも分からない毎日の中で夢に現れる君は……現実の距離と曖昧な未来の予感の先に……
タイムトラベルしながら過ごしていれば、いつの間にか二人きりの世界、Wonder land♡

パーティー抜け出して、二人で乾杯しよう☆
いつかの未来が叶ったとして、あなたにBrand New Storyプレゼントするから
〜いつでも今の君がNo.1 I LIKE♡どんな君でも、タイプだから、言葉より、ハグして、抱きしめて……〜

☆銀河カフェレストラン☆予約してあるから、時計気にしながら……今しか叶わないデートしよ♡
あなただけに届けるLOVE♡ミステリアス・カクテル揺らしながらMIRACLE SEXYにキメて

恋キュンドレス☆Can't Stop Lovin'時間がタイムスリップしてしまう☆あなたの瞳を見つめて
胸のサイレンが騒ぐ……夢みたいな恋をしてる……きっとファンタジー☆それで依々のSo何もかも夢だから
一あなたの手をつかんで、現実に戻れる……One Life Kiss♡ずっと夢見ていたの……

✺流れ星メルヘン☆R&B JEWELRY💎
―P.S.魔法♡音楽―

あなたの瞳が、私を見つめて銀河系タイムトラベル
夢だと、囁いてよ？ それでも、君が欲しいよ……もう危ないよ……どんなシチュエーションで
も、私達Make Loveしてる
一幻想の世界も、現実未来と、つながってる……その髪ほどいて雨夜の月に濡れて、愛し合って、
夢のベッドの中で

感覚メルヘン・ジュエリー♡君だけに、プレゼントしたい☆ほら、此の手をつないで星空に今、飛
ぶよ☆
あなたのテレパシーさえ、聴こえてしまうのさ♫夢でも、現実でもないよ？ So此処はいつかの
Wonder land♡

〜零れた涙は夜空に煌めく星座に、今魔法をかけて☆君が好きだから、もう泣かないで？ 見つめ
ていたいのさ
今宵は、君だけのために、☆銀河系ラブストーリー☆奏でてしまうのさ……一緒に歌ってしまおう
か？〜

もう悲しい夢は見ないで？ 物語は続いていく……君がタイプだから、素敵な夢を、さ？ もう一
度輝かせよう
二人なら、怖いコトは何もないのさ……僕だけが、君を守れる愛だから、離れていても、君を感じ
ているよ

カッコつけて云うわけじゃないけど、不思議なことがあるよ☆あなたを想う時、全てがやさしさに
包まれてしまう
失いかけてた憧れも、未来さえも、流れ星のように、願い事キラキラHEARTに揺れ動くあのメ
ロディーみたいに

未来の青空を笑顔で、ときめく胸の音楽、歌うように
真剣でヤバイ君を見つめる瞳の奥、いつも気付いてくれるね？ 不思議な程ときめいてしまう
―Fairy Taleに迷宮入りしても……楽しんじゃおう☆あなたとは、離れられない運命みたいだか
ら―

青色に光るLEDが街のイルミネーション彩るクリスマスシーズンに、君とはしゃぐ幻想☆現実
スペシャル・カクテルで乾杯♫あなたが例えば孤独を感じていても、流行りのJ-Pop包まれたら

〜懐かしさに似た未来現実✺辿り着けるのさ……夢じゃないよ？ So現実同時進行未来
離れていかないで？ 色々強がっていても、あなただけが、私を変えてくれる……〜

今年のクリスマスプレゼントは何が依々？ LINEだけじゃ淋しいよね？ だから、未来をプレゼ
ント♡

銀河はインフレーション☆星も生まれていく……時代はタイムトラベラー♬愛は永遠♡だから、未来

星空に描く夢がひとつずつ叶っていく……君といつかTouch……願い続けた未来が叶ったとして
君への想いは、変わらないのさ……生涯、君に捧げるLove Story And LoveSong歌うよ……

あなたには分からない……私も、分からない……But何もかも感覚でLock Onされてるのかもしれない
多分、素敵なコトが叶ってしまう……あなたとLOVE♡KISS現実と幻想の揺れる五線譜の上で

〜踊り出すメロディアス・アレンジメント♡君と感じ合いたい……ドレスアップして、二人だけの
Party Night♡
甘いリップグロスの味、あなたの愛し方はヤバイ位、やさしくて、終わらない……「もう駄目……」

そんなに愛さないで？　私達銀河一危ない二人かも……Jazzy BGM☆夜が終わるまで……
♡メルヘン　カクテル♡もう少し味わって、時間を止めないで……言葉より、触れ合って……

☆Pink Diamond☆のメロウ・ロマンティックより、あなたと見つめ合うLOVE♡KISS切なくて、甘酸っぱい味
どんなラブソングより、リアルはドキドキして、Happiness♡私達が知らない二人がもっと欲しい……

あなたと結ばれてしまいたい♡青春はこれから
もう何もかも味わって、病みつきの音楽みたいに、この愛、やめられないの……
一あなたの為に、今を、輝かせるよ☆夢見がちなMy Life変えられないけど、愛してるから……

時々、銀河にPower貰って、眠りに就くの……不思議な夢に包まれて、眩しい青空に素敵な未来
時間旅行ばかりしている☆鍵を探す……銀河ミステリー解き明かす‼　そして、愛を見つける……

〜 So銀河中、宝石☆見つけた答え☆誰もがクリエイター♡あなたの夢が、世界さえ救える……
どんな時も、あなたとカケヒキしてるのかもしれない……大切な何かを、失いたくなくて……〜

あなたの心に届くように、未来を奏でて、プレゼントは毎日渡したい☆大切で、どうしたらいいか分からない
一緒に夢を叶えていけるから、幸せだから、切ないこの気持ち、願いを叶えて？　神様……

今宵は、君のサンタになって、願いを届ける
もっと、リアルに近付いて？　メディアも、何も気にしないで？　幸せになろうよ♡
一君に会いに行くよ☆不安だけど、プレゼントも、受け取ってくれるかな？一

君の歌うLove Song……今、街中彩っていくよ……素敵な夢だから……私の心にも、届くよ……
「♬Merry X'mas♬」未来カフェで君とシャンパン合わせて、夢の続きは、これから……

🎀星屑シャンデリア☆グラスにR&B浮かべて……
～恋キュンドレス♡Jewel夢見心地プロポーズ💎～

今、私達、異次元銀河にいるのかもね……時空浮遊感☆飛び出したい気持ちエスコートして、スペーストラベルLet's Go!!
～♡恋キュンカクテル☆何度も笑っては、泣いた……悲しいわけじゃないの……手を伸ばしてしまえば、君に届いてしまいそうで……

愛してるよ♡理想とは程遠くても、Love Songの世界、叶うんじゃない？　君だけを見つめている……
🎀メルヘンR&B♬ほら、乾杯して☆大好きな人達にも、会えるよ……奇跡は、君とのめぐり逢い……

もう、現実とは違う世界にいたとしても、どんな惑星にいても、君を見つけてみせる☆銀河船時間イリュージョン☆
未来を信じて、願ってみようよ♬あなたの願望を解き放って、今とは違う場所（HOME）へ……

バレンタイン・チョコレートデート♡君の瞳の中迷い込んで、手作りパフェの味が気になる……
～もう、未来をLock On☆している……君の合図で近付ける☆待ち合わせをしよ♡～

あなただけに届けたいんだよ♬もうすぐ桜色の季節が……待ちに待った春が訪れる……
君と手をつないで未来（ゆめ）の風に吹かれて、言葉は少なくても、一緒に笑って……

源氏物語の続きを……もうすぐ君の新曲が……気になってしまうよ……想いはFire☆太陽みたいに、燃えてる……
誰にも言えない秘密を、あなたさえ惑わせてしまう……タイムトラベルの真相を……

タイムマシーンでやってきた銀河パトロールのMissionを……愛は知っている……
～誰にも知られるわけにはいかないんだ……いつの間にか謎めいたLoveMu（ラブミュー）♡～

☆銀河ファンタジアNo.1エタニティーNo.2☆どれも、かけがえなく、素晴らしいことばかりなんだ……ホントはね……
抱えてしまったMYSTERIOUS WONDERLAND♡光と闇あなただけに癒されてる……消えてしまいそうさ……

あなたなしじゃきっと生きていけないけど、君の自由を、優先するよ……時間が止まってしまいそうな時計を眺めて
私は、大丈夫だから……信じられないなら、それでもいいよ、Good-Bye……次世代銀河のレシピ♡バラまいて……

ロマンティックなラブ・トラップ♡HEART BEAT惑わせて、君は誰？　って云うんだろう……
消えてしまいそうな予感に包まれて、桜の花びらに手をかざして、愛を探してる……

どんなに恋しいか、きっと君には、分からない……君の涙も、全部守ってあげたいのに……
宇宙の始まりも終わりも、過去と未来の行方……永遠に繋がって、終わらない……

例えば愛が消えてしまったとして、二人の未来を描く時、タイムトラベルしているのかもしれない
……
〜Love Songの世界で、私達の未来を守る為、何度も、何度でも……〜

あなたの瞳に口づけてしまいたい……拒んでも、kissして、溶け合ってしまいたい……
君の甘くて、切ない歌声に、涙が零れてしまいそうだ……銀河Jewelより、キラキラしている
……

異次元銀河さえ誕生させてしまうLOVE MUSICが永遠を作っていく♬
未来の味がするカクテルで乾杯♡夢なら夢のままで終わらない物語を……

あなたにプレゼントした未来を、現実同時進行で、叶えていこう☆声を聴かせて？
〜迷宮ストーリー迷い込んでいたけど、いつも君に辿り着く、これが運命なら……〜

毎晩、求めてしまう切なさは、君が、メーテルみたいにミステリアスでも……
プライベートな君がきっとLIKE♡物語にイリュージョンしていく……

♡素敵ミュージック♡クリエイトして、歌ってしまおう☆So、異次元銀河に魔法をかけよう☆
夢見心地でいられるかもしれない✳全ての謎は、愛だから、心ゆくまで、味わって？

Uhなんて♡LOVEキュン♡な恋なんだろう……銀河史上No.1ラブストーリーを超えた愛……
〜セックスアピールは、Love Songを歌うように……君と、ベッドinして、終わらない……〜

あなたが、So I LIKE☆夢なら覚めても、君と待ち合わせたSecret Place行かなくちゃ☆
First Impression最悪だとしても、全ては、One Life But FUTURE全てが分からないよ……

本当は、何もかも諦めてしまいそうだよ……異次元銀河ごと、消えてしまおうか、なんて……
あなたの瞳を見つめた時、運命が廻り始める……

いつも君が、私を救ってくれる……感謝の気持ちより、愛しているから……
〜異次元銀河より、かけがえない君の存在を、夢でも幻想でもなくて……

Love Song & Love Story超えて……あなたと永遠になってしまいたい……
青春の夢の続きを……今も、探してる……あなたが、そばに居てくれたら……

―♩LOVE♡KISS豪華客船SPACE TRAVEL☆ 風のような君を抱きしめたい……―

星屑Fairy Tale♡甘い未来(ゆめ)を見たいなら……
風のような君を抱きしめて、ねぇ？　今離さないで☆このまま時間さえ止まったまま、kiss☆君の瞳にSPACE TRAVEL映して？……
～☆アドレセンス・スターダスト☆連れていってあげる♡LOVE♡KISS豪華客船は宙に浮かんで、ロマンティックな星空ファンタジー💎～

あなたの夢を叶える為なら、ほら？　魔法さえ、かけてあげるよ☆千年ミラクルだって、僕達の音楽を、銀河遺産に……
奇跡という名の愛を抱きしめて、不思議なことがあるよ？　あなたの歌はリアルフューチャー叶える魔法Soul

Like Like I Like It☆音楽を奏でようよ？　生放送MUSICTV SPECIAL🎵サプライズオンパレード☆君だけは、Special
💎ラグジュアリーゴージャス❀ミステリアスな話題もハイテンションで騒いじゃう☆永遠の宝石(ジュエリー)銀河リアル・シミュレーション

あなたの愛だけあれば、依々の♡ドレスアップ甘美な香水もう駄目☆甘い秘密の罠で、あなたに夢中……
京都恋歌Song君が揺れて歌えば、タイムスリップ☆あなたと目が合えば、逸らす君との恋は、今も切なくて……

―♩LOVE♡KISS豪華客船SPACE　TRAVEL☆今宵のパーティーは、天の川銀河とアンドロメダ銀河合体して、
LOVE♡KISS銀河系誕生しちゃうの☆パステル次世代虹色☆メルヘン・プライマシー♡LOVE PLANET♡Wonder
～あなたの存在が銀河エタニティー♡どこまでも、愛を求める……LOVE貫いて!!!　You ＆ Me♡～

💎永遠光年・エンドレスプロポーズ♡星空を君に……RealかFantasyさえ分からないSPACE TRAVELの途中で……
君と話したいことを、まばゆいシャンデリアのトリックとミステリー☆あなたのSecretさえ、エクスタシー♡

あなたとDance♡踊り明かすように、素敵な音楽にキラキラなキャスティング☆甘い夢を見させてよ……
kissさえ叶いそうな、切なすぎる距離で、私達は、歌って、踊って……

❀シャンパン・シャンデリア♡LOVE♡KISSティアラニ人で飾ったらウエディング・パーティー♡主役は、あなたと、私

あなたとだったら、何でも依々の……いつか豪華客船で世界一周旅行ハネムーン一緒に行こうよ☆

ヤバイよ♡次世代ミュージック、世界中にちりばめられる、まるで流星のように……今夜の
SPACE TRAVEL は……
☆Pink Dia Cocktail ♡グラス合わせてあなたと見つめ合う未来を……星座のシャングリラ☆揺れ
るメロディーライン

煌めくドレスコード☆オーケストラのテクニカル・リフレイン☆君が涙目で、切ない歌声で、愛を
歌っていたよ……

☆SPACE TRAVEL☆果てしない浮遊感……君とゴージャスに騒いじゃって、カクテル飲みなが
ら、KISS☆
君の切なくて、甘い鼓動を、感じさせて？　君と、ドレスさえ脱がさないまま、LOVE♡KISS

ためらうように近付いて、一緒に観ていたドラマの続きなのかな？　未来現実に、ようこそ☆
君を守る騎士にだってなれる☆素敵な銀河にエスコートするから♬君の夢を、守り続ける……

✾メルヘン銀河系ミュージック☆HEROより、カッコ良く、キメて、Bass Vocal☆Slap
shout!!!
豪華客船はSPACE TRAVEL異次元銀河にワープ☆怖がらないで☆星屑Fairy Tale体感して☆

☆銀河作りが趣味♡キラキラshooting Starの作り方、君だけに教えてあげるよ☆
君じゃなきゃ駄目なんだ☆プログラミングに従って、ねぇ？　今夜は、君の部屋に招待して？……

例えば、今日で世界が終わるとして……
君と甘く愛し合えるだけで、銀河中にミラクルが起こってしまうような、救世主Make Love♡
〜あなたのハートが欲しくて、君とためらいながらキスをして、So指先誘導されるままに……〜

オリジナル・プレイリスト髪の香り、肌に絡ませて、ドレスは乱れたまま吐息が洩れる……
あなたのときめきは隠せない……銀河中の誰より感じているんでしょ？

💎ラグジュアリーエクスタシー♡あなたの感じるSexy Voiceずっと夢見てた……
もう離さない☆このままSPACE TRAVELしながら、二人だけのお城に辿り着こう♡

君が大切だから、奇跡さえ起こせるのさ☆MIRACLE JAZZYなオーケストラの旋律
今宵、結ばれた二人を祝福する銀河の音色だよ♡泣いたって、笑ったって、構わない

パーティーの続きを……
💐永遠光年・エンドレス銀河系プロポーズ♡愛を、選んで欲しい……

♪魔法音楽♡COSMIC LESSON♡銀河生放送中☆
―未来現実デザインセンス✂パーフェクト・プレゼンテーション♬―

今夜の魔法で未来はハイパースピードで、まるで銀河をテクニカルに創るように、So君に恋して、ときめいてる♡
―君の声が、今すぐ聴きたい☆突然の連絡、待っているから……愛を、LOVEの魔法で未来に連れ出して？♡―
Uh LOVEキュン♡君にときめいちゃう♬ねぇ？　君も知らない君の秘密、抱きしめて……ついてきて？☆

未来は分からないけど、いつでも魔法音楽世界中COSMICクリエイトしていくように、今年の夏は、どうしよう?!
あなたの色っぽい胸元が気になっちゃう♡夢中で駆け出した青春デザインセンス♡笑っていよう☆

君の好きなスイカ、私も好きになっちゃった♡恋のタイミングも、二人合っていくかな？　君のことなんて……
好きじゃない☆と、迷宮Mystery、一人抜け出せずに、永遠に消えてしまおうとしていたけど……
君からのLINE VOOM点滅して、悪夢から、目が覚めたの☆

あなたの夢を、愛の願い事を七夕に送った君へのメッセージみたいに、未来世界に、今向かうから……

あなただけに、ときめいていたい☆夢でも、何でも、君と感じる全てが、愛だから……
～君の願望を、パーフェクト・プレゼンテーション♬Love Music歌うように、あなたと感じている、今を
もう、何処にも、行かないで……～

今夜のパーティーは、セレクトBGM☆Sexyにキメて、君とエクスタシー感じていたい♡
君の腕に包まれて、甘い甘い愛の世界へ、行ってみたいから♡

あなたの瞳に誓ってもいい……これから何があっても、未来世界に向かっていこう♬
K・I・T銀河生放送中☆愛のドラマは……あなたと、スキャンダラスに、銀河さえ惑わせて……

あなたのことばかり求めちゃう……恋人のように、エスコートしてくれる……
もう、どうしたらいいか分からない位……感じちゃう♡……

この切なさが……溢れそうな、胸のときめきが……♪魔法音楽♡COSMIC LESSON♡
あなたが誘惑する……この胸の奥かき乱す……今も、愛し合っているみたいな感覚

銀河の風に、魔法音楽歌いながら、いつまでも解けない謎解きを浮かべてる……

もう叶わない願いは忘れて、理想の自分になって、奇跡の風を……

あなたがそばで、笑ってくれたら……夢みたいな未来世界感じられる素晴らしい予感を……
今すぐChange Up☆全ては、あなたが好きだから……

銀河時空に迷い込んで、泣いていた私に、君はやさしく抱きしめてくれた……
～一緒に居たい!!　どんな世界でも、君がいれば、私、生まれ変われる☆♫～

一人に疲れちゃったの☆何も感じずに、過ごした日々……
未来に暗雲が立ちこめても、雨が降り止めば、未来世界に架かる虹♫

あなたと愛を探してる……毎日、あなたを感じたい♫楽しみながら過ごせたらいいね☆
不思議なことがあるの……私達が、愛みたい……

青春みたいな未来世界に駆け出した私達は、素敵な夢を、奏でて、虹色の風を……
瞳に映らない透明な未来絵の具で、確かな色彩を、まるで奇跡のように……
未来さえも、クリエイトしていく♫私はパステルカラーで、あなたは原色で、ドラマティックに
……

あなたを見つめては、離れてゆく愛の心は、誰にも分からないけど、本当は……
―振り返って、抱きつきたいの♡素直にさせて？　あなただけのあたたかさで……―

分からないよ……本当は、全部……悲しいことは、忘れて、いいの……
あなたへ、ためらう気持ちを……ホントは、全て打ち明けて、只、愛し合いたい

あなたのやさしい肌の感触を、涙に濡れた二人の恋を、薔薇色に、ときめかせたい♡
今からでも、間に合うのかな？　きつく、やさしく、抱きしめてくれる？

純粋な気持ちじゃなくても、あなたとの愛は、銀河中ちりばめるホログラムみたいに……
あなたへと向かっていく……銀河の罠だとしても……

永遠に消えてしまうかもしれない……危うさを感じながら、銀河は、光り輝いてしまう☆

いつも支えてくれる君を、支えたい☆今は泣いちゃう位、未来が儚くても……
そのうちに、泣いちゃう位、未来がリアルにキラキラ輝き始めるから……

悲しくて、切ない時も……何もかも信じられなくなって、絶望しても……耳を澄ませてみて？
ほら？　素敵な音楽が聴こえてくる……いつの間にか未来現実、辿り着けるから♡

―☆流れ星デザート＆LOVE ♡ KISSカクテル☆ ♬銀河カフェレストラン Secret Party ♡―

現実☆幻想リアリティック♡君といつでも一緒みたいな感覚……
春風に奏でたBGM♬トゥインクル……あなたに触れたい☆R&B RPG WORLDで過去も未来も
Loopして、運命は此の手の中……
～あなたとハイになって、騒いじゃって、頬にCute Kiss♡魔法なら、恋心♡二人なら無敵神話☆
伝説のステージで愛を歌って……～

不思議なことばかりで埋め尽くされた現代♬どうしてか分からないけど、あなたに惹かれてしまう
ノンフィクション・エタニティー愛さえも、守ってみせる♡スペシャル・ワンダー此の先は、分か
らないことばかり……K・I・Tミラクル素敵overflow

―BOY FRIENDとデートの約束していても、雨模様なら、君とHOME PARTY♬ミステリアス
な時間を、君と過ごしたい!!
君と触れ合うだけで、恋に堕ちてしまうよ……カケヒキさえも、気にならない❀魅かれ合う瞬間は
永遠……

物語を脚本にして、キャスティングの主人公演じて、Love Mu♡Worldあなたの吐息を感じたい
♡脱がせそうなドレスを着て、"乾杯"
タイムスリップを何度も繰り返して、BAD END回避して、MIRACLE REALITY☆迷宮パー
ティー☆これからも試練は訪れる
Butそれは、チャンスに変わる☆ほら、まだ叶えなければいけない夢という名のミッション♡愛し
合いたいだけ……

冴えない景色なんて忘れて……夢描いた世界、幻みたいでも
♡ラズベリーFantasyソーダ♡いつまで天国にいるの？　ほら、ここだよ☆会いに来て……時間
はタイムマシーン☆どこでも行ける……
～あなたとベッドの中で一緒に眠って、朝の訪れ……あなたの好きなハーブティーを淹れて、スー
パーフルーツガウニー作ったから☆

距離を取りながら、これからも、いこうよ☆でも、もっと近付いてみたい……夢のような未来……
その為に夢に、夢中になって
途中下車しながら来た銀河列車も、星型のイヤーカフ光らせながら、未来まで、楽しみながら行け
ば、素晴らしい風が

あなた好みにキメて、ドキドキさせちゃう♡あのCute Songまた歌って?!　あなたの音楽が
No.1お気に入り☆
不安な気持ちになっても、悩みながら奏でるフレーズがラブレター♡K・I・Tこれからも……

ミッドナイト・タイムもっと素敵に、君と夢が、見たい……
あなたへの想いが、世界中バラ色に変えてくれる☆だからダンスフロアで☆虹色カクテル☆君と乾

杯しながら……
〜物語が現実を創るという真実……ただのフィクションじゃない未来的予感……あなたのメロディーが勇気をくれる……〜

ほら、今夜はパーティー♡君と踊るようなリズム合わせて、冴えないため息さえも艶めいた吐息に……君を惑わせて……
魔法少女の秘密を解き明かせるわけはないのさ……あなたと愛を見つける為、銀河ミステリーさえ、Wonderland♡

此の手を離さないで……消えてしまいたくなる性分を……テレパシーが使えなくなっても、君だけに、気付いて欲しい
あなたと♡迷宮パーティー♡抜け出して、辿り着きたいWonderland☆ミラクルロマンティックに、愛し合ってしまいたい……

危ない愛でごめんね……危ない位、感じて……
今更、口説くとか、ありえない……BLACK HERO♡魔法女神☆あなたと恋に堕ちただけ……
〜何もかもが消えてしまいそうな時に、涙だけが生きる希望……あなただけを抱きしめてみせるから!!……〜

感情が鈍くなって、あなたの悲しみにも、無頓着になりそうでも、愛を輝かせる未来まで、その手をつないで……
誰もが、本当は気付いているんだ……大切な人を守って生きていく……理由は、分からなくても……
切なくて……幸福で……何故か泣いてしまっても、あなたを愛しているだけ……
あなたの声が聴こえる……いつも困った時、そばに居てくれる……例え幻でも構わない……
儚い季節を、温もりで染めたい……笑わせてあげたいのさ……只、今日の私は、壊れそうで……
本当は、今すぐにでも抱きついて、涙に濡れても、あなたとなら、癒されていく……

いつの間にかパラレル・ノンフィクション
あなたがいるから、救われてる……どうやって生きていこうか迷っているけど、秘密のパーティーは続いていく☆
〜ベッドの中で本を開いて？　今夜も、君とおやすみ♡夢と音楽が、君を守ってくれるよ☆K・I・T未来に戻れる……〜

バスタイムに潤って、メロウな、世界の全ては言葉で出来ている☆なんてね……信じられなくても
今宵、あなたを未来の世界にフライング招待して、束の間でも依々☆ほら、自由な銀河カフェレストランで……
多分、あなたを笑わせてあげられる天性のユーモアで……But君のやさしさで、笑顔になれる……
次世代天国気分で、大切な君のために……明日が雨でもアトリエに行って、銀河アクセサリー作ってくるね☆

たとえ、遠く離れても……
あなたとめぐり逢えると信じているから……君との運命が全てを叶える……
✺星屑シャンデリア☆グラスにR&B浮かべて……恋キュンドレス♡Jewel夢見心地プロポーズ💎

Afterword

いつでも、どんな時でも、今が幸せ♡
自分が自分であること、どんな自分も大切☆

―未来を叶える ＝ 自分との闘い☆―
（イコール）
　　　唯一無二の魅力♡

愛はForever♬頑張って、いこう‼

一度きりの人生、どうせなら
　　　何もかも、叶えよう☆

幸せになる為、生きている♡
　　　全てのコトが輝くように……

―あなたと描いてる未来現実で
　　　夢みたいな奇跡が、叶いますように―

♡魔法A.S.A.P.タイムマシーン♡

付録CD歌詞カード

Words & Music & Vocal　by Aiko Makino

DESTINY☆STARDUST

P.S.流れ星♡甘い吐息で囁いて？
～LOVE♡KISS HOTELで時間が止まるまで……～

涙で見えない君のイリュージョンした未来の空に架かる虹を逸らした瞳を
Ah貴方に打ち明けてしまいたいよ……君が好きなあのプレイリスト……

聴こえてしまう……第8感テレパシーで……君の心全てが……
傷付かずには生きていけないよ……あなたの歌声を聴かせて？

LOVE♡KISS銀河系クリエイト※永遠とは、次世代天国の作り方は……
貴方と、いつかは愛を見つけられるのかな……時間が止まってしまっても……

ささやくように恋を歌うプライベートに揺らめく君の横顔が
瞬間エンドレス・ドメスティックバイオレンス♡星空を仰ぎ、銀河中のパワーを

君の幸せを守り抜くと誓った、流れ星のSympathy☆甘い秘密を……
もうこのままじゃヤバすぎる!!☆瞳が合う度First Impression感じる……

未来の続きを……見つめ合うだけで、愛し合える曖昧なロマンスを……
深く快楽に堕ちていくトリックさえ、異次元ギャンブルに溺れて……

涙に濡れてしまう、エンドレスプロポーズ♡愛を選んで？
貴方の吐息を、月夜のシルエット……まだ幻想の途中……

P.S.流れ星♡甘い吐息で囁いて？
～LOVE♡KISS HOTELで時間が止まるまで……～

怪盗キッドに変身して、君のハートをさらってしまう☆LOVE♡KISS HOTEL
時間が止まるまで、未来世界タイムトラベル無限Loopアンバランスパーティー☆

危ない予感迷宮ミステリー☆永遠に解けない魔法にかかって
貴方と愛は、まるでDESTINY☆STARDUST
銀河より、ヤバイ夢が叶ってしまう……

幻想カクテルで乾杯

君をいつも瞳で追いかけて知られたくないSECRET HEART
あなたがいつも笑うだけで、私も笑う……
君の瞳を見つめられない……

戸惑ってしまう……その心に触れるだけで
千年の時を超えて……あなたを想い続けてる……
どうしたらいいか分からないよ……

あなたに触れたい、今すぐに……
ねぇ？　未来、君の元に巡り着いてる？
未来の二人に、乾杯しよう……

説明は得意じゃない　今夜の口づけだけで……
気分は最高さ☆たとえ、幻想でも、幸せだから……

あなたのその声で、名前を呼んで？
今にも、消えてしまいそうだから……
これから、何処に行こうか？

甘い青春の未来現実　君の手は離さないから
眠りに就く瞬間、君のことばかり考えて
涙が零れてしまう……君の歌を聴きながら……

此の手を伸ばせば、君に届きそうさ……
もう出会ってしまった……声を聴かせて？
いつでも、君を感じさせて？

それは甘いドーパミン　君を求めてしまう……
夢から覚めたら、ねぇ？　君に会いに行く……

Real Fairy Tale 星空さえWonder☆
シュガーレスなコーヒーだけじゃ
夢の続き……君の話が、聞きたい……

それは永遠のミステリー、君の瞳も見つめられずに……
Wonderland 歩いていこう？　終わりなんて
二人には関係ない　甘いキスで夢を見ていよう……

二人だけの秘密

Still In Lovin' I miss you　あなただけ見つめてる
銀河に虹が架かるのなら、零れる歌声さえも、君に届くように……

HEARTに夢が浮かぶミッドナイトメランコリー
切ない愛の正体を、今すぐ抱きしめてしまいたいよ……

真実に近付いていく　あなたの瞳に映る未来世界を
今すぐデートに誘って、パーフェクトワールドから、君を連れ出して……

Still In Lovin' I miss you　切ない胸の痛みを、So君と笑って……
夢中で、恋をしようよ？　どんな場所でも、連れていく……

Still In Lovin' I miss you　世界中のLove Songを君に……
銀河の夢を君とならどんなファンタジックな未来世界さえも……

リアルファンタジーに染められていく……君の瞳を見つめたら……
まるでパラレルワールド♡ずっと探していた夢が……

あなたが笑っていても、泣いていても、此処は、いつかのWonder land
不思議な感覚に因われていくLOVE PLANETへようこそ♡

Still In Lovin' I miss you……お城の鍵をかけて
甘い時間を、月明かりのシルエット♡君と夢見てる……

Still In Lovin' I miss you　心くすぐるリリック歌う君のフレーズ
時空を超えて、愛にめぐり逢う運命を……

あなたと、揺れる恋キス♡現実さえ、夢の中なら……
もう、どうなってもいいよ……本当の君を、見せて？……

二人だけの秘密を、今宵、脱がし合いながら
感じ合う甘美なときめきを、LoveSongにして♡

Still In Lovin' I miss you　あなただけ見つめてる
時空を超えて、愛にめぐり逢う運命を……
感じ合う甘美なときめきを、Love Songにして♡
Still In Lovin' I miss you……

―☆Lazy Dazzling ♡―

トワイライト宝石　夢のFake思考回路に無断進入禁止
エントリーされた自由も、あなたのオリジナルなの？

分かった振りで、してあげてるなんて、思い上がり
この胸の感情、あなたに分かる筈もない……

踊り続けていたいだけ……あなたなんて見つめない
壊れた心は、直せないままで、さよなら……

ミッドナイトハイライト銀河が魅せる甘い罠
揺れる吐息さえも、本当の愛が知りたいだけ

テレパシーも使えないの？　もっと叫んでみなよ？
いい子振ったって、あなたの魅力にもならない

世界平和願うのも、愛さえも理解らずに
神様気取りしないで？　何を救える？？

あなたのメロディーで、世界を変えてみなよ？
いつも自慢ばかりして、ネガティヴだって……

銀河中からさようなら危ないサイレン
いつも闘っているの言葉だけじゃ全てが消える……

トワイライト幻想揺れて見つめて、永遠に消えていく
夢も幻も、ねぇ？　二人の真実だったね？

あなただけ、見つめられない……溢れる感情は
あなたと、生きていく意味を、見つけられるのかな……

夢の中に連れていって

♬STILL I LOVE ♡KISS ☆Jewel Music Star land☆
〜❀SECRET AV ♡Can't Stop Lovin' ♡〜
不思議な未来へイリュージョン☆ワープトリップあなたの気持ちは？

今宵もスタートラベリング☆銀河船パイロット運ぶ夢は……
あなただけを、抱いて、抱いて、抱きしめて……
異次元時空☆素敵なキャッスルで二人きり……

Lostエンジェル❀船上ライブパーティー♡
突然LOVE ♡KISS銀河系トランスポーテーション♬
ギャラクティック・スタークルーザー迷い込んだFairy Tale☆

ナイトクラブ❀セレブレーション♡ハイパースーパーワープ
あなたの愛が、エンドレスに次世代惑星BIG BANG
乾杯したグラスカクテル☆見つめ合うReal Dreamin'♡

♬STILL I LOVE ♡KISS ☆Jewel Music Star land☆
〜❀SECRET AV ♡Can't Stop Lovin' ♡〜
幻想☆現実　魔法テクニック☆不敵な笑みで、Let's Going……

銀河中Jewelry☆HOME　只、あなただけが、恋しい……
こんなに切ないHeart Of Crush　星空に流れ星……
君と真夜中のAV Theater踊り続けていたい

妖精のように歌う秘密のFalling Love❀
ミッドナイトMisstakeさえも君の魅力に……
Sweetトラップ♡銀河中の誰より、感じさせてあげる

次世代Bass Slap奏法で、ブラックホールさえ、壊して
まばゆい魔法の光が、UFOみたいに……
ドラッグより、ヤバイ感覚を、Soリアルに……

❀SECRET AV女優感覚で、今日も……
ガラスの夜景揺れるBGMスーパーカーの中……
☆タイムマシーン☆に乗って、どこへ行こう？☆！

♬STILL I LOVE ♡KISS ☆Jewel Music Star land☆
〜❀SECRET AV ♡Can't Stop Lovin' ♡〜
甘い眼差しで、キスを欲しがらないで？　瞳を閉じて……

壊れたジェラシーパトロール♡テレパシーはもう使えない

銀河系サスペンス☆君とEscape
永遠に夢中になれる魔法音楽で、永遠を……

銀河中Jewelry☆HOME　只、あなただけが、恋しい……
こんなに切ないHeart Of Crush星空に流れ星……
君と真夜中のAV Theater踊り続けていたい

♬魔法音楽PINK DIA真夜中のデザインセンス

空にかざす魔法音楽☆天の祈り……ギャップも超えて……
君が歌う愛のメロディー♡未来(ゆめ)のデザインセンス✺
何もかも夢だと、諦めかけた時代に、奇跡が起こる

君の手を離さないから、PINK DIA♡RING受け取ってよ？
「♡I LOVE YOU FOREVER♡」全てを賭けた想い……
夢から覚めても、愛は消えない……すれ違っても……

涙で滲んだ未来都市プロフィール
私の名前を呼ぶ懐かしい響きに、君の声
叫んでも伝わらないテレパシー、それなら、いっそ……

♬魔法音楽PINK DIA♡真夜中のデザインセンス✺
「♡I LOVE YOU FOREVER♡」
銀河の摩天楼♬夢中になる☆Lazy Dazzling☆

LOVE♡KISS危なくなるまで、抱いて？
惑星センシティヴ・ドーピング・秘密のフレーバー♡
イリュージョンしていく感覚☆銀河生放送中……

☆星座クラッシュ☆Dr.プレッシャー♡パラドックスジュエリー
Common Lady君といられるなら、銀河も要らない☆
♡Secret Dreaming♡クリエイトさせて？……

時間が止まっているみたい✺パーフェクト・インクルージョン☆
異次元未来のアンドロメダまでタイムリーク☆
銀河パトロールテンション♡現実にBE BACK♬

♬魔法音楽PINK DIA♡真夜中のデザインセンス✺
「♡I LOVE YOU FOREVER♡」
まばゆいシャンデリア♬今夜のカクテルは……

―✺未来現実✺は、まるで異世界
謎解きは永遠にAddicted to Mu♡―
夢みたいな奇跡も、あなたとなら……

♡愛にめぐり逢う瞬間を、あなたも信じていたの？
✺青春DISCOフラッシュバック♬
壊れやすいセンチメンタル・フィーバー☆
☆テールランプ揺らめくメランコリー
タイムトラベル何度繰り返しても、君との未来現実へ……

☆Real Music の世界へ☆

Common DJ Cosmo Driving ミッドナイト吐息と君の髪が揺れる
銀河ショーウィンドウ☆来世のメリーゴーラウンド検索中……

軽くディスプレイ越しにkiss♡君を奪うリターンGAME☆不敵な笑み
僕達はまだ始まったばかりさ……誰にも聴こえないテレパシー☆

❀VINTAGE LOVE♡KISS銀河系ROCK ARTIST♬
素敵な季節のプロローグ♬さよならの代わりに、未来をあげるさ……

君はポーカーフェイスが似合う☆Your Smile危ない魔法だから
異次元未来浮遊感覚♡ときめきは、この星空のように、無限大☆

未完成な愛が丁度良い❀君とサティスファクションあとどれ位？
フェイクさえ、ノンフィクション♡本気モードでLOVE GAME

君は少し傷付いた方がCharming♡戸惑うギャップとジェラシー
オートマティックにエスコートさせて？　Super Carの秘密を

ギャラクシーとトリッキー❀不思議な感覚を、カッコつけなくても
愛の魔法にかかってしまう君を、離すつもりはないから

幸せなんて、興味はないさ☆君と、グラグラ心揺れていたい
見つめ合う視線のBEAMに二人、因われていく……

♬Real Music♡の世界で、LOVE GAME楽しもうぜ!!!
曖昧な肌の触れ合うリアリティーMAGICにK・I・T君は……

夢でも現実でもない愛に、出会うだろう♬
多分、二人は銀河財宝を手に入れる……

呼吸も出来ない位、君に狂っていく♡僕は君だけのL.O.V.E.
今すぐに気付いて？　いつも僕は、君を見つめている……

♫ LOVE ♡ KISS 豪華客船 SPACE TRAVEL

星屑 Fairy Tale ♡ 甘い未来を見たいなら……
風のような君を抱きしめて、ねぇ？　今離さないで☆

このまま時間さえ止まったまま kiss ☆
君の瞳に SPACE TRAVEL 映して？……

☆アドレセンス・スターダスト☆連れていってあげる
豪華客船は宙に浮かんでロマンティック星空ファンタジー

永遠光年・エンドレスプロポーズ♡星空を君に……
Real か Fantasy さえ分からない
まばゆいシャンデリアのトリックとミステリー

危ない位ときめいてしまう瞬間を、グラスに注いで
ねぇ？　君と星屑 Fairy Tale 迷い込んだら……

もう、このまま行こう♡あなたに出会えたから、奇跡は起こるよ
So　愛の Power ♡　銀河さえ誕生させてしまう……

まるで流星のように、今夜の SPACE TRAVEL は
グラス合わせて　あなたと見つめ合う未来を……

煌めくドレスコード☆オーケストラの　テクニカル・リフレイン☆
君が涙目で、切ない歌声で、愛を歌っていたよ……

ラグジュアリーエクスタシー　ドレスは乱れたまま吐息が洩れる……
あなたのときめきは隠せない……
銀河中の誰より感じているんでしょ？

ためらうように近付いて、一緒に観ていたドラマの続きなのかな？
このまま二人だけのお城に辿り着こう♡

甘い予感魔法が解けても、リアルな君に会えるなら……
銀河はファンタジー♡夢みたい……

☆COSMIC LESSON銀河生放送中

ねぇ？　ため息を未来現実デザインセンス❀貴方の吐息で誘惑して？
待っているのよ☆今夜も、♪魔法音楽♡COSMIC LESSON♡

DJ☆お願い未来の行方を、パーフェクト・プレゼンテーション♬—
闇夜がさらう真夜中のドアをノックして、夢の世界、逢いに来て？

K・I・T未来現実❀星空のイルミネーション☆戸惑う二人に……
奇跡も、愛さえも、青空の教会で、❀LOVE♡KISS銀河系☆

貴方の瞳だけ……愛だけがハート狂わせるシンフォニー♡
幻想なら泣いても、貴方と未来現実へ……夢のように叶ってしまう

ねぇ？　貴方の幸せを祈っても、流れ星にかける願い事☆
未来が叶いますように……貴方のいる未来へ……

信じることが苦手でも、ホントは信じてる
銀河船BEAM☆ファンタジーがメルヘンサイエンスに

こんなに切ないBASSがLove Story銀河生放送中☆
貴方を想うミッドナイト♡感じたことのないI Still loving you

銀河中をジャックして、♪魔法音楽ハーモニー重ねて
夢ではない現実を、始まってしまいそうな予感をループして

運命も、永遠さえも、超えていこう……貴方だけを、大切にしたいから
物語を脚本にして、BGMは、世界中のLove Song……

貴方の切ない想いを受け止めて、例え、全てが消えてしまっても
未来を守る為、今からタイムトラベリング……

感覚で分かる大切なこと、プログラミングじゃなくて
貴方を選んでしまう、愛が銀河の法則……

♪魔法音楽♡COSMIC LESSON♡銀河生放送中☆
—未来現実デザインセンス❀パーフェクト・プレゼンテーション♬—

♡魔法A.S.A.P.タイムマシーン♡

魔法みたいな君の銀河的存在☆気分がテレポーテーション
見つめて？　今MIRAI惑星グラデーション愛のヒカリ☆
貴方の愛し方を恋愛聖書にINTERSECTION

降り注ぐ✺銀河素敵MIRAI惑星☆いつの間にか奇跡が
感じる現実感は異世界浮遊感覚♬
タイムマシーン乗りこなして、今、未来を叶えに行く!!

時を超えて、STAY IN MY HEART♡
聴こえるでしょ？　さよならを告げたこの世界に
あなたと出会うために、生まれてきたから……

いつも見つめてる……銀河に未来を映してる……
MIRAI惑星デザインセンス誰にも気付かれなくても
全てが消えてしまいそうな瞬間、君とMidnight Lesson♬

MIRAI惑星を救う☆銀河系スピリチュアル☆
♪魔法LOVE♡KISS音楽今すぐクリエイトリリース♡
貴方の願い事を恋愛聖書にINTERSECTION

迷宮エスケープ　あなたと叶えていく未来が……
✺銀河素敵MIRAI惑星☆君と私のBaby♡……
私達タイムトラベラー♬未来は続いていく……

時を超えて、STAY IN　MY HEART♡
感じるでしょ？　セレブレーション☆
あなたとめぐり逢うために、生きてきたから……

いつも見つめてる……MIRAI銀河クリエイトしながら……
もっと感じたい……このまま時間が止まってしまえばいい
センチメント・ディレクションフィーバー♡Midnight Lesson♬

Good-Byeじゃ響かない、めぐり逢えた、此の愛に……
続きを描けるなら、✺銀河素敵LoveSongが生まれる……

魔法みたいな君の銀河的存在☆気分がテレポーテーション
見つめて？　今MIRAI惑星グラデーション愛のヒカリ☆

降り注ぐ✺銀河素敵MIRAI惑星☆いつの間にか奇跡が
感じる現実感は異世界浮遊感覚♬
タイムマシーン乗りこなして、今未来を叶えに行く!!

星屑シャンデリア☆グラスにR&B浮かべて

私のハートは、今夜壊れてしまうかもしれない……
あなたとの憧れを、風に奏でているよ……
グラスに浮かべたR&B☆星屑のシャンデリア……

Specialなシチュエーションを、夢見て、君とは叶わないのかな……
最高のプロポーズなんて、夢見心地なまま、時間は過ぎて……

あなたの瞳を見つめて、伝えられたら……
わがままに似たやさしさで、いつも抱きしめてくれたね……

流れ星さえ零れおちそうな星降る夜に……
愛を誓ってしまいたい　銀河のプロポーズ……

説明不可能なこの気持ちを愛として……
何もかも消えてしまいそうなこの世の果てで……
音楽が聴こえてくる　支えてくれる言葉が……

いつか君と振り返る今を輝かせて、叶える為に……
センチメントなメロディー歌ってる君の歌声夢ではないでしょ？……

君とkissする夢の中で、そこは未来かもしれない
ずっと抱きしめるよ……現実の世界で……

※星屑シャンデリア☆グラスにR&B浮かべて……
〜恋キュンドレス♡Jewel夢見心地プロポーズ💎〜

あたたかい君の胸に抱きしめられて
天国かもしれないような胸のときめき……

君がいたから寂しくなかった……
切ない位愛しくて、不安になっても……

君と感じる全てが愛だから
いつまでもそばにいてください……

※星屑シャンデリア☆グラスにR&B浮かべて……
〜恋キュンドレス♡Jewel夢見心地プロポーズ💎〜

LOVE ♡ KISS ずっと夢見てた……

突然のスコール悲しい夢が消えなくて……
まるでファンタジーみたいな世界の中で
あなたの瞳だけ、真っすぐに見つめられない

Cafeの白昼夢　終わった恋ならこんなに
心揺れたりしない　あなたの声ばかり求めてる

♡未来現実⚔ロマンティックが止められない……
〜 LOVE ♡ KISS ずっと夢見てた……〜

届かない紫陽花の雨上がり
冷たいキスはもう止めて……
鳴り止まないリフレインあなたの声は聴こえない

全てが幻ならあなたとどうして
リアルを見つけられる？　触れられそうなの……

♡未来現実⚔ロマンティックが止められない……
〜 LOVE ♡ KISS ずっと夢見てた……〜

あなたの瞳には、どんな未来が映っているの？
傘ならもう要らない　本当のあなたを見せて？

10年先の夢なんて……もうずっと君だけ見つめているよ？
その瞳を逸らさないで？　連れていくから……

あなたのそばには、私がいる☆
夢のカケラさえも、ほら？　未来の音色が聴こえてくる……

♡未来現実⚔ロマンティックが止められない……
〜 LOVE ♡ KISS ずっと、夢見てた……〜

銀河女神のラビリンス♡

Black Dress🎀LOVE♡KISS銀河系RADIO ID♬
未来デート♡あなたとDANCE PARTYエンドレス・エクスタシー
甘いカケヒキも🎀永遠に夢中になれる魔法音楽♬

♬Jewelグラス未来現実プログラミング♡
異次元ギャンブル☆流れ星のレシピを賭けて
♬欲望ダイナマイト♡Wonder landは危険(デンジャラス)

感じるあなたの声だけで、イカせて☆
愛のヴァンパイア〜あなたの愛し方に、Crazy over you☆〜
不思議な世界に迷宮イリュージョン♡ずっと待ってた……

🎀LOVE♡KISS銀河系RADIO ID♬
〜Luv Playlist Still feat. Tune♡〜
もっと甘い感じる吐息で、ひとつになれるまで無限ループ
SPACE TRAVEL　銀河船にワーピング♬
LOVE♡KISS危なくなるまで、止めないから
AV女優感覚♡〜彼女の秘密☆〜

スキャンダルに愛して？　LOVE♡KISSドラッグ・ドーピング☆
♡魔法銀河系タイムマシーン♡今すぐ、会いに行く……
♡SWEET HOME♡一緒に、帰ろう……

♡未来シンセサイザーでテクニカルアレジメント
―天国に行っちゃう位気持ちいい♡―
不思議な世界に迷宮イリュージョン♡ずっと夢見てた……

🎀LOVE♡KISS銀河系RADIO ID♬
〜Luv Playlist Still feat.Tune♡〜
もっと甘い感じる歌声で、ひとつになれるまで無限ループ
Boyfriendみたいなセックスアピール♡
〜彼女の秘密☆〜魅惑なフレグランス♡
♡未来現実の夢を……これからも探しに行こう……

―🎀パーフェクト・インクルージョン♡
瞳に映る君はFAKE Or FANTASY?!
永遠に消えてしまいたい

もっと甘い感じる歌声で、ひとつになれるまで無限ループ
未来デート♡あなたとDANCE PARTYエンドレス・エクスタシー
不思議な世界に迷宮イリュージョン♡ずっと夢見てた……

☆銀河系MIRAI惑星インフォメーション♡

☆銀河系MIRAI惑星インフォメーション♡
キャッチした恋のフラッシュ☆
君の秘密も、気付かないフリで
やけにリスキーで、ハイセンス🎀
危ないときめき☆今は、MIRAI?!

テレパシーも、Easy Love!?
それじゃ Amazing♡
君と恋の駆け引き☆流れ星もロマンティスティング
魔法にかかったみたい、夢の世界で……

意地悪な瞳も、誰を見つめているの？
追いかけては、離れていく
此処は☆銀河系MIRAI惑星☆
君と探り合うIS THIS LOVE!?☆

コンピューターじゃ読み解けない
素直になれない恋の揺らめき
君の瞳を見つめてしまいたいのに
センチメントフィーバー今すぐ抱きしめて……

☆銀河系MIRAI惑星インフォメーション♡
いつも君とMIRAIデート☆
プラトニック・キス♡それでも依々の……
あなたと辿り着いてみたいから……
君とリアリティー♡MIRAIに連れていって……

恋のハレーション☆銀河系MIRAI惑星インフォメーション♡
魅惑なフレグランス香りながら
私達、愛みたい☆
MIRAIネオンサイン夢ならGood-Bye☆

もっと、耳元でくすぐったい君のVoiceで
私の全てを束縛してみせてよ
あなたしか見えないシチュエーションで
ねぇ？　もう私達、依々でしょ？♡

君と🎀SWEET HOME♡夢の中みたい……
MIRAIカクテルでハイテンション☆
K・I・T今ならタイムトラベル
タイムマシーンに乗れる☆夢みたい……

♡真夜中のウエディングパーティー✼
誓いのキスは、夢の世界まで……
☆銀河系MIRAI惑星インフォメーション♡

✼未来現実♡魔法音楽の世界に
迷宮ファンタジー☆
リアルなら、君とクラッシュして……

青春One Life銀河系スキャンダラスにEscape
〜☆Hide-And-Seek☆〜
未来世界、一緒に行こう☆

著者プロフィール

牧野 愛子（まきの あいこ）

1979年8月8日生まれ。東京都出身。
著書に『LOVE HEART』（2003年、文芸社）、『BLUE SKY』（2005年、日本文学館）、『I LOVE YOU』（2007年、文芸社）、『Love Mu Honey』（2009年、文芸社）、『LOVE COCKTAIL STAR』（2011年、ブイツーソリューション）、『LOVE TIARA ARRANGE』（2015年、文芸社）、『銀河系 BLACK SEXY LOVE KIRA PARTY』（2018年、文芸社）、『君色小説 キララより切ないLOVE KISS』（2020年、文芸社）がある。

星屑シャンデリア　グラスに R&B 浮かべて……
～恋キュンドレス　Jewel夢見心地プロポーズ～

2023年 8 月15日　初版第 1 刷発行

著　者　牧野 愛子
発行者　瓜谷 綱延
発行所　株式会社文芸社
　　　　〒160-0022　東京都新宿区新宿1－10－1
　　　　　　　　電話　03-5369-3060（代表）
　　　　　　　　　　　03-5369-2299（販売）

印刷所　図書印刷株式会社